Holt French Level 1

Allez, viens!®

Practice and Activity Book

HOLT, RINEHART AND WINSTON

Harcourt Brace & Company

Austin • New York • Orlando • Atlanta • San Francisco • Boston • Dallas • Toronto • London

Writer

Laura Terrill
Parkway South High School
Ballwin, MO 63021

Requests for permission to make copies of any part of the work should be mailed to the following address: Permissions Department, Holt, Rinehart and Winston, 1120 South Capital of Texas Highway, Austin, Texas 78746-6487.

Some material appears in this book from other HRW publications.

Cover Photo/Illustration Credits
Background pattern: Copyright © 1992 by Dover Publications, Inc.
Group of students: Marty Granger/HRW Photo; French books: Sam Dudgeon/HRW Photo

Art credits
All art, unless otherwise noted, by Holt, Rinehart & Winston.
Page 7, Yves Larvor; 27, Michel Loppé; 112, Yves Larvor; 141, Anne Stanley.

Photography credits
Page 11, William R. Sallaz/Duomo; 40(both), 61, HRW Photo/Marty Granger/Edge Productions; 72(l), HRW Photo/Daniel Aubry; 72(c), (r), HRW Photo/Russell Dian; 84(both), Laura Terrill; 104, HRW Photo/Stuart Cohen; 108, HRW Photo/Russell Dian; 117, Don Irons/Sipa; 128(all), 142, HRW Photo/Marty Granger/Edge Productions.

ALLEZ, VIENS! is a registered trademark licensed to Holt, Rinehart and Winston.

Printed in the United States of America

ISBN 0-03-052633-7

2   3   4   5   6   7   021   03   02   01   00

Contents

CHAPITRE PRELIMINAIRE
Allez, viens!

1 Les célébrités   Can you match the names of these six famous French-speaking people with their professions? Write the letter next to the person's name.

1. _____ Isabelle Adjani
2. _____ Victor Hugo
3. _____ Céline Dion
4. _____ Marie-José Pérec
5. _____ Gérard Depardieu
6. _____ Marie Curie

a. poet and political activist
b. scientist
c. actress
d. actor
e. singer
f. athlete

2 Pourquoi le français?   List four occupations in which French would be useful.

1. _____
2. _____
3. _____
4. _____

3 Les devinettes   Can you guess the meanings of these French words from the English clues?

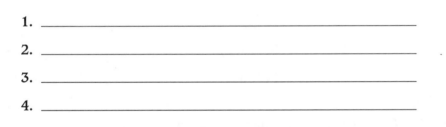

tigre   crabe   bananes   uniforme   iglou   adresse   monstre   trompette

1. It's on your mail. _____
2. Don't monkey with these. _____
3. You're in the army now. _____
4. It's great for blowing your own horn. _____
5. It goes with lion and bear. _____
6. It's a really cool house. _____
7. It stars in horror movies. _____
8. It claws its way along. _____

4 Les chiffres   Write the numeral equivalent of the French numbers listed below.

_____ onze

_____ zéro

_____ quinze

_____ trois

_____ quatorze

_____ neuf

_____ dix-neuf

_____ huit

_____ cinq

5 Les accents français   Céline's computer doesn't print French accents. Can you help her by adding the accents to the underlined words in the following sentences? Then go back to pages 1, 3, 5, and 8 of your textbook to check your answers.

1. <u>Jerome</u> et <u>Stephane</u> vont voir un film avec <u>Gerard</u> Depardieu.

2. En Afrique, il y a beaucoup d'<u>elephants</u> et de <u>zebres</u>.

3. La <u>Republique</u> de <u>Cote d'Ivoire</u>, le <u>Senegal</u> et l'<u>Algerie</u> sont des pays d'Afrique. On parle <u>francais</u> dans ces trois pays. Le <u>Quebec</u> et <u>Haiti</u> sont aussi francophones.

6 La francophonie   Put a check mark next to those places where you'd be able to practice your French.

_____ la Belgique

_____ l'Egypte

_____ la Suisse

_____ le Québec

_____ le Brésil

_____ le Sénégal

_____ la Guadeloupe

_____ le Nigéria

_____ le Tchad

_____ Monaco

_____ la Tunisie

_____ l'Irlande

7 Comment tu t'appelles?   Can you guess which of these French names could be hers and which could be his? Write them down under the photos.

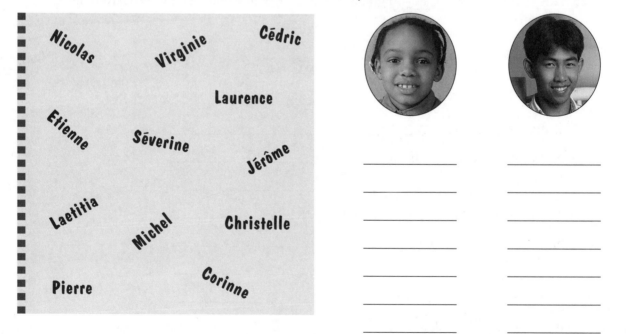

Nicolas   Virginie   Cédric   Laurence   Etienne   Séverine   Jérôme   Laetitia   Michel   Christelle   Pierre   Corinne

_____   _____

_____   _____

_____   _____

_____   _____

_____   _____

_____   _____

CHAPITRE **1** Faisons connaissance!

■ MISE EN TRAIN

1 Les intrus The following sentences can be completed logically with three of the four choices listed. Place a checkmark next to the word or phrase that doesn't work.

1. Bonjour. Je suis...

_____ suisse.

_____ belge.

_____ aussi.

_____ française.

2. Pendant les vacances, j'aime...

_____ voyager.

_____ nager.

_____ danser.

_____ super.

3. J'aime faire du sport, surtout...

_____ du vélo.

_____ de l'équitation.

_____ de la musique.

_____ du football.

4. J'ai... ans.

_____ quinze

_____ blond

_____ seize

_____ douze

5. ...la télévision.

_____ Je m'appelle

_____ J'aime

_____ J'aime bien

_____ J'adore

2 Oui ou non? Do the sentences below describe you? If they do, check **oui**. If they don't, check **non**.

	oui	non
1. Je parle allemand.	_____	_____
2. J'aime le ski.	_____	_____
3. Je suis suisse.	_____	_____
4. J'ai seize ans.	_____	_____
5. J'aime danser.	_____	_____
6. J'aime lire.	_____	_____
7. J'adore le cinéma.	_____	_____
8. Je n'aime pas parler au téléphone.	_____	_____
9. J'aime étudier.	_____	_____
10. J'aime les vacances.	_____	_____

◼ PREMIÈRE ÉTAPE

3 Salut ou bonjour? How would Didier greet the following people? How would they respond to Didier? Fill in the speech bubbles appropriately.

4 A une boum At a birthday party, you overhear various conversations. Under each dialogue, draw the appropriate facial expression for the person who answers.

a. — Ça va, Fabrice?
— Super!

b. — Ça va, Paulette?
— Pas terrible.

c. — Ça va, Alice?
— Ça va bien.

5 Le jeu You're a contestant on a game show. You've been given some cards that have tasks written on them in English. Write three French words or phrases that relate to each task.

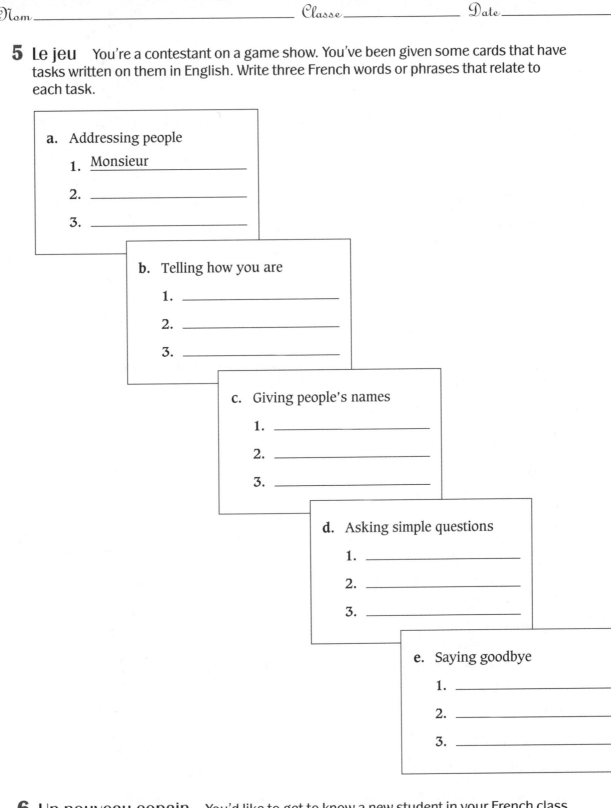

a. Addressing people

1. Monsieur _____

2. _____

3. _____

b. Telling how you are

1. _____

2. _____

3. _____

c. Giving people's names

1. _____

2. _____

3. _____

d. Asking simple questions

1. _____

2. _____

3. _____

e. Saying goodbye

1. _____

2. _____

3. _____

6 Un nouveau copain You'd like to get to know a new student in your French class. Write three statements or questions you might use to get a conversation started.

1. _____

2. _____

3. _____

7 L'espion You've applied for a position with the S.D.E.C.E. (the French equivalent of the CIA). Complete the following tasks to prove you've mastered some very basic espionage skills.

a. First, you receive the following messages, which appear to be written in code. Decipher the code and rewrite the message.

> journob. ut t'ellesppa mentmoc?
>
> ej m'elleppa laup.
>
> mentmoc aç av?
>
> asp èstr enbi.

1. _____

2. _____

3. _____

4. _____

b. Now, you've received a note. It looks like disappearing ink has been used, because some letters and words are missing. Fill in the blanks to make sense of the note.

Comment ____ v__?

____s __al. Et t ____ ?

Tr__s b____n, merci.

Tu t'app__ll ____ François?

Non, m ____ , j__ __'appelle Robert.

T__ ____ qu ____ âge?

J'____ qu____orz__ ____s.

c. Just when you thought you'd passed all your tests with flying colors, you find that you have to pass one final test. Since you'll have to speak French while on your mission, write out what you'll need to say to accomplish these tasks.

1. Greet someone. _____

2. Introduce yourself. _____

3. Find out how someone is. _____

4. Tell someone how old you are. _____

5. Say goodbye. _____

■ DEUXIÈME ÉTAPE

8 **Moi, je...**   How do you think the individuals in these pictures feel about what they're doing? Write what they might say to express their feelings.

a.   b.   c.

a. _____

b. _____

c. _____

9 **Une conversation**   Pamela is meeting Didier, a French exchange student, for the first time. Complete their conversation with the appropriate words from the box.

football   aimes

bientôt

ans

âge   glace

salut

hamburgers

seize   pas

PAMELA   Tu as quel _____?

DIDIER   J'ai quatorze _____. Et toi?

PAMELA   Moi, j'ai _____ ans.

DIDIER   Tu _____ le ski?

PAMELA   Oui, mais je n'aime _____ le _____.

DIDIER   Moi, j'adore les restaurants américains!

PAMELA   Ah, oui? Tu aimes les _____?

DIDIER   Oui! Et la _____ au chocolat aussi.

PAMELA   Bon. A _____!

DIDIER   Oui. _____, Pamela.

10 **A ton tour!**   You're an exchange student in France. The school newspaper is doing an article about you and has asked you to write three statements about your likes and dislikes.

1. _____

2. _____

3. _____

11 Une enquête Thuy is conducting a survey to find out what students like to do in their spare time. Based on their answers, write the questions Thuy is asking the students.

THUY _____

EMILIE Oui, j'aime bien la plage.

THUY _____

CLAIRE Non, je n'aime pas le ski.

THUY _____

MICHEL Oui, j'aime la télévision.

12 Quelle catégorie? List as many French words as you can that you associate with each picture.

a.

b.

a. _____

_____

_____

_____

b. _____

_____

_____

_____

13 L'espion As a beginning S.D.E.C.E. agent, you're in charge of decoding the following suspicious memo.

a. First, you'll need to unscramble each of the following sentences.

1. aime/bien/escargots./il/les//toi?/et _____

2. Sylvie./salut//aimes/tu/pizza?/la _____

3. escargots./moi/adore/j'/les _____

4. frites./aussi/aime/j'/les/et/oui//Philippe?/et _____

b. Now, rewrite the sentences in a logical sequence to determine if the suspicious dialogue is cause for concern.

1. — _____

2. — _____

3. — _____

4. — _____

■ TROISIEME ETAPE

14 Où sont-ils?   Find and list eight subject pronouns (**je, tu,...**) in this grid. They can be read horizontally, vertically or diagonally, from left to right, or right to left.

i	l	s	i	e	s	e
e	l	l	e	l	a	t
j	o	j	v	l	s	e
o	t	o	i	e	l	i
u	u	s	l	s	e	s
s	s	u	o	n	e	t
e	l	e	s	m	o	n

_____   _____

_____   _____

_____   _____

_____   _____

15 Et vous?   Indicate how you feel about various things by filling in the chart below. Use the categories on the left to guide your answers.

	J'aime...	J'aime bien...	Je n'aime pas...
comme sport :	le vélo		
à l'école :			
à manger :			
en vacances :			

16 Une lettre   You'll be spending one weekend with a French family as part of an exchange program. They've written to ask you what activities you like and don't like. Answer their letter in four or five sentences.

Chère famille,

_____

_____

_____

_____

_____

_____

17 Le menu Philippe and his friends are deciding what they'll have for lunch. Complete their conversation by filling in the endings of the verb **aimer**.

PHILIPPE   J'aim_____ beaucoup les hamburgers. Et toi, Djeneba, tu aim_____ ça?

DJENEBA   Moi? J'aim_____ les hamburgers! Mais Claire et Emilie n'aim_____ pas ça du tout.

PHILIPPE   Et les frites, vous aim_____ ça?

DJENEBA   Emilie et moi, nous aim_____ bien les frites. Mais Claire aim_____ mieux la pizza. Nous aim_____ toutes le chocolat et la glace, bien sûr!

PHILIPPE   Bon! Moi aussi, j'aim_____ la pizza.

EMILIE   Bravo! Nous aim_____ tous la pizza. Je suis d'accord pour la pizza, les frites... et comme dessert, la glace et le chocolat.

18 L'espion Once again your superiors at the S.D.E.C.E. want to test your skills. The picture below represents the room of a teenager suspected of being a foreign agent. What do you know about him based on the picture you see? Write five things you believe he likes, and one thing you believe he doesn't like.

Example: Il aime parler au téléphone.

1. _____

2. _____

3. _____

4. _____

5. _____

6. _____

19 Tes préférences What's your opinion of these activities? Rate each one, using the following scale: **super, bien, pas terrible**.

faire du sport	_____	faire les magasins	_____
dormir	_____	faire le ménage	_____
écouter de la musique	_____	nager	_____
manger du chocolat	_____	regarder la télé	_____
étudier les maths	_____	voyager	_____
danser	_____	lire	_____

■ LISONS!

20 Qui suis-je? Read these descriptions of two well-known French-speaking people. Can you guess who they are?

1. Qui suis-je? Moi, j'adorais explorer. J'aimais surtout les océans et j'adorais le monde sous-marin. Je voyageais souvent. Mon bateau s'appelait *Calypso*.

_____

2. Qui suis-je? J'aime faire du sport, surtout de l'athlétisme. J'ai participé aux Jeux olympiques de 1996.

_____

21 Ton opinion Read the description of the holiday resort given below and give five reasons why you'd like to go there.

SPORTS ET VACANCES

à

Gabuzeau-sur-Mer
Plage • Piscines • Canotage
Equitation • Vélo • Parcs et jardins
Volley • Football • Basket-ball
Tennis • Golf • Bowling
Théâtre • Concerts
Cinémas
Cafés • Restaurants
Discothèques

1. _____

_____

2. _____

_____

3. _____

_____

4. _____

_____

5. _____

_____

■ PANORAMA CULTUREL

22 Qui sont-ils? You'll probably recognize the names of the famous French-speaking people listed below. Try to match the name with the person's interest.

_____ 1. Louis Pasteur

_____ 2. Léopold Senghor

_____ 3. Isabelle Adjani

_____ 4. Marie Curie

_____ 5. Marie-José Pérec

_____ 6. Louis Braille

_____ 7. Armand Peugeot

_____ 8. André Ampère

a. Il aime lire.

b. Elle aime le cinéma.

c. Elle aime le sport.

d. Il adore les automobiles.

e. Il aime l'électricité.

f. Il aime les sciences.

g. Elle aime la physique.

h. Il aime la politique.

23 Le monde francophone Read the sentences below. Then locate each person's country or region on the map and write the number of each sentence in the appropriate location.

1. Claire est française.

2. Djeneba est ivoirienne.

3. Ahmed est marocain.

4. Emilie est québécoise.

5. Didier est belge.

6. Stéphane est martiniquais.

7. André est suisse.

2 Vive l'école!

■ MISE EN TRAIN

1 Vive la rentrée! Choose the answer that best completes the conversation in each picture. Write the letter of your choice in the empty speech bubble.

1.

1. **a.** Oui, ça va. J'ai français et j'adore ça.

   b. Oh, non! J'ai maths. C'est nul!

   c. Bof! Le prof de sciences nat n'est pas sympa.

   d. Oh, le français, c'est difficile. J'aime mieux l'espagnol.

2. **a.** J'ai musique et j'adore ça!

   b. C'est génial, la musique!

   c. Bof... J'ai musique. C'est difficile et je n'ai pas ma flûte.

   d. Il est neuf heures. Je suis en retard pour le cours de musique!

3.

3. **a.** Non. J'ai géographie et après, j'ai maths.

   b. Oui. C'est intéressant.

   c. Non, j'ai maths à neuf heures.

   d. Non, j'aime mieux les maths.

▪ PREMIERE ETAPE

2 Le casse-tête

a. Find and circle nine words related to school life.

```
A  C  O  M  P  M  T  R  E  L  U  N  Q  I  B
G  K  P  F  R  A  N  Ç  A  I  S  X  C  F  O
I  É  R  Z  T  T  Y  S  Q  N  B  P  K  U  T
Z  O  O  B  E  H  D  L  M  I  G  R  Ç  X  K
È  K  F  G  W  É  L  È  V  E  L  L  I  O  C
S  V  E  J  R  M  L  O  F  C  J  Q  A  N  F
E  O  S  C  L  A  S  S  E  L  V  É  K  I  O
R  O  S  B  C  T  P  L  R  Q  M  C  L  Z  S
A  M  E  O  S  I  T  H  I  S  T  O  I  R  E
M  M  U  W  O  Q  X  T  I  F  E  L  O  Y  C
E  Y  R  K  N  U  L  M  R  E  J  E  O  M  Z
O  L  S  C  I  E  N  C  E  S  P  U  M  V  É
N  Ç  I  F  W  S  K  P  N  C  A  O  K  L  V
```

b. Now, choose two circled items and tell whether you like or dislike them, using the verb **aimer.**

1. _____

   _____

2. _____

   _____

3 Chasse l'intrus   The following sentences can be completed logically with three of the four choices listed. Cross out the intruder in each list.

1. J'aime voyager. J'étudie...

   la biologie.

   la géographie.

   l'allemand.

   le français.

2. L'école, c'est...

   les magasins.

   les devoirs.

   les cours.

3. J'adore les sciences. J'ai...

   allemand.

   bio.

   chimie.

   physique.

4. Je n'aime pas l'école. Je préfère...

   écouter de la musique.

   aller au cinéma.

   étudier les sciences.

4 Les personnalités au lycée Guess what subjects the following people would enjoy studying if they were at your high school. Match each name on the left with the letter on the right that represents the appropriate subject.

_____ 1. Shakespeare   **a.** la physique

_____ 2. Marie-José Pérec   **b.** les arts plastiques

_____ 3. Albert Einstein   **c.** l'anglais

_____ 4. Céline Dion   **d.** la biologie

_____ 5. Claude Monet   **e.** le français

_____ 6. Jacques Cousteau   **f.** l'histoire

_____ 7. Napoléon   **g.** la chorale

_____ 8. le professeur   **h.** le sport

5 Mots de passe You're preparing for a word game. Write as many clues as possible to help your partner guess each word. You might use phrases as well as single words.

les sciences   la musique   les langues

_____   _____   _____

_____   _____   _____

_____   _____   _____

_____   _____   _____

6 Tu aimes tes cours? You meet your friend Paul at a café after the first day of school to talk about your classes. Paul likes all of his classes and asks you how you like yours. Vary your answers.

Example: J'aime l'espagnol. Et toi? <u>Moi, non. Je n'aime pas l'espagnol.</u>

1. J'aime le sport. Et toi? _____

2. J'aime l'histoire. Et toi? _____

3. J'aime les maths. Et toi? _____

4. J'aime la biologie. Et toi? _____

5. J'aime l'anglais. Et toi? _____

6. J'aime le français. Et toi? _____

CHAPITRE 2 Première étape

7 Leurs préférences Tell why the following students are studying a specific subject. Remember to use the correct form of the verb **aimer**.

Example: Céline étudie l'algèbre parce qu' *(because)* elle <u>aime les maths.</u>

1. Paul et Catherine étudient Shakespeare parce qu'ils _____.

2. Assika a chorale parce qu'elle _____.

3. Nous étudions la biologie et la chimie parce que nous _____.

4. Pauline étudie le ballet parce qu'elle _____.

5. Vous étudiez la Renaissance parce que vous _____.

6. Tu étudies la gymnastique parce que tu _____.

8 Mais si ou oui? Ruthie enjoys all of the following activities. How would she answer the following questions? Remember to use **mais si** or **oui** according to the question.

Example: Tu aimes les frites? <u>Oui, j'aime les frites.</u>

1. Tu aimes danser? _____

2. Tu aimes parler français? _____

3. Tu n'aimes pas les vacances? _____

4. Tu n'aimes pas les sciences naturelles? _____

5. Tu aimes les travaux pratiques? _____

9 Les cours Write a short letter to your French pen pal about your classes and what you and your friends like and dislike about school.

Cher/Chère _____,

_____

_____

_____

_____

_____

_____

_____

_____

_____

Allez, viens! Level 1, Chapter 2

■ DEUXIEME ETAPE

10 Un désastre   Your computer has scrambled your friends' schedules. Unscramble each of the following sentences.

1. ont/heures/trente/Anne/chimie/à/huit/et/Pierre

_____

2. à/avons/nous/quinze/quarante/sport/heures

_____

3. espagnol/maths/heures/Philippe/vous/avez/a/à/treize/et

_____

4. travaux/nat/neuf/et/as/ai/j'/sciences/pratiques/heures/à/tu

_____

11 Séjours linguistiques   Some of your French friends want to go to England or the United States to learn English. You listen as they exchange the phone numbers of some sponsoring organizations. Find each phone number in the ads and write the name of the corresponding organization.

EUROLANGUES 182, rue Lecourbe, 75015 Paris Tél.: (01) 42.50.08.17. **UNAT** (Union nationale des associations de tourisme et de plein air). 8, rue César-Franck, 75011 Paris. Tél.: (01) 47.83.21.73.	**UNOSEL** (Union nationale des organismes de séjours linguistiques). 15-19, rue des Mathurins, 75009 Paris. Tél.: (01) 45.51.08.00. **NACEL** 21, rue de Clocheville, 37000 Tours. Tél.: (02) 47.05.10.48.	**OISE** (Oxford Intensive School of English). 21, rue Théophraste Renaudot, 75015 Paris. Tél.: (01) 45.33.13.02. **CAP MONDE** 11, Quai Conti, 78430 Louveciennes. Tél.: (01) 30.82.15.15.

Example: Zéro un. Trente. Quatre-vingt-deux. Quinze. Quinze. <u>CAP MONDE</u>

1. Zéro un. Quarante-cinq. Cinquante et un. Zéro huit. Zéro zéro. _____

2. Zéro un. Quarante-cinq. Trente-trois. Treize. Zéro deux. _____

3. Zéro un. Quarante-deux. Cinquante. Zéro huit. Dix-sept. _____

4. Zéro deux. Quarante-sept. Zéro cinq. Dix. Quarante-huit. _____

12 Tu as quel cours?   Amadou and Philippe are comparing schedules on the first day of class. Complete their conversation, using the correct forms of **avoir.**

— Moi, j'_____ histoire avec M. Dupont. Et toi?

— Moi non, mais Alice et Virginie _____ M. Dupont aussi.

— Tu _____ anglais le vendredi matin?

— Oui, Paul et moi, nous _____ anglais le lundi, le mercredi et le vendredi matin.

— Super! Moi aussi! On est ensemble alors! Et vous _____ physique avec Mme Theriot?

— Non, pas cette année. Mais je crois que Virginie _____ Mme Theriot.

CHAPITRE 2 Deuxième étape

13 A quelle heure? You're helping your friend Pauline get organized. She has jotted down her plans for the day on a scrap of paper. Write Pauline's activities in chronological order in her date book.

Faire les devoirs
dix-sept heures trente

Sport
quatorze heures quinze

Dîner avec Julie et Ahmed
dix-neuf heures quarante

Déjeuner
douze heures à treize heures quinze

Travaux pratiques
neuf heures

Allemand
dix heures trente

HEURE	ACTIVITE
9h00	Travaux pratiques
_____	_____
_____	_____
_____	_____
_____	_____
_____	_____

14 L'emploi du temps On what days and at what times does Stéphanie have classes or free time? Complete sentences 1 through 5, according to her schedule, writing out the numbers.

EMPLOI DU TEMPS NOM: Stéphanie Lambert CLASSE: 3e

		LUNDI	MARDI	MERCREDI	JEUDI	VENDREDI	SAMEDI	DIMANCHE
MATIN	8h00	Allemand	Arts plastiques	Mathématiques	Mathématiques	Français		L
	9h00	Français	Arts plastiques	Anglais	Sciences nat	Français	Anglais	
	10h00	**Récréation**	**Récréation**	**Récréation**	**Récréation**	**Récréation**	TP physique	—
	10h15	EPS	Allemand	Français	EPS	Sciences nat	TP physique	
	11h15	Sciences nat	**Etude**	Histoire/Géo	**Etude**	Arts plastiques	[Sortie]	B
	12h15	**Déjeuner**	**Déjeuner**	[Sortie]	**Déjeuner**	**Déjeuner**	APRES-MIDI	
APRES-MIDI	14h00	Histoire/Géo	Mathématiques	**APRES-MIDI**	Histoire/Géo	Allemand	LIBRE!	R
	15h00	Anglais	Physique/Chimie	LIBRE!	Physique/Chimie	Mathématiques		
	16h00	**Récréation**	[Sortie]		**Récréation**	[Sortie]		E
	16h15	Mathématiques			Arts plastiques			
	17h15	[Sortie]			[Sortie]			!

Example: Stéphanie a TP de physique le samedi à dix heures.

1. Elle a physique/chimie _____

2. Elle a anglais _____

3. Elle a allemand _____

CHAPITRE 2 Deuxième étape

4. Elle a étude _____

5. Elle a histoire/géo _____

_____

15 Ton emploi du temps

a. Fill in your current morning schedule for the week, including times and days of the week.

HEURE	LUNDI	MARDI	MERCREDI	JEUDI	VENDREDI

b. Now, write five statements about your schedule. Include days and times. Write out the numbers.

1. _____

2. _____

3. _____

4. _____

5. _____

16 Ta semaine à l'école

You're hosting a French exchange student next semester. Write him or her a letter describing your daily schedule. Mention classes you have, specific times, and whether or not you like these classes. Remember to write out numbers.

Cher/Chère _____ ,

_____

_____

_____

_____

_____

_____

_____

_____

■ TROISIEME ETAPE

17 **Un sondage**   A student at your school is conducting a survey of student preferences for school subjects. Tell her what you think of your classes by circling one of the three choices.

1. Comment tu trouves le français?
   a. C'est super.
   b. C'est pas mal.
   c. C'est nul.

2. Comment tu trouves le sport?
   a. C'est génial.
   b. C'est pas super.
   c. C'est zéro.

3. Comment tu trouves les maths?
   a. C'est passionnant.
   b. C'est intéressant.
   c. C'est pas terrible.

4. Comment tu trouves la physique?
   a. C'est facile.
   b. C'est pas mal.
   c. C'est difficile.

5. Comment tu trouves la biologie?
   a. C'est super.
   b. C'est pas mal.
   c. C'est barbant.

6. Comment tu trouves la musique?
   a. C'est cool.
   b. C'est pas mal.
   c. C'est nul.

18 **Ton propre sondage**   You want to find out what twenty classmates think of either a rock star, a city, a movie, or an actor. At the top of the chart, write the question you'll ask. Fill in the first column of the chart with five possible opinions, from most to least favorable. Use the second column to keep track of your friends' answers and the third column to record percentages.

Question:		
Opinions	Quantité	Pourcentages

19 Chasse l'intrus
One of these phrases does not logically fit in the same category as the other three. Pick out the intruder and cross it off of each list.

1. J'adore faire du sport. C'est...
cool.
nul.
génial.
super.

2. Comment tu trouves la géo?
C'est facile.
C'est zéro.
C'est pas terrible.
C'est difficile.

3. J'aime les travaux pratiques. Et toi?
Moi, non.
Pas moi.
Moi aussi.
Moi, si.

4. Faire de l'équitation, c'est...
pas terrible.
pas mal.
pas cool.
pas intéressant.

5. C'est passionnant, le ski. Tu aimes?
Oui beaucoup.
Non, pas trop.
Non, pas moi.
Moi non plus.

6. J'aime les langues. C'est cool, ...
l'allemand.
l'anglais.
les arts plastiques.
le latin.

20 Tête-à-tête
Marcel and Claudine are talking to each other in the school cafeteria. Complete their conversation.

Moi aussi   Bof   Salut   passionnant   dix heures trente   tu as quoi

Moi, non   maintenant   à quelle heure   nul   la récré

génial   Oui, beaucoup   A demain   les devoirs

CLAUDINE   _____, Marcel. Ça va?

MARCEL   Oui super! Dis Claudine, _____ le matin?

CLAUDINE   J'ai arts plastiques et informatique. C'est _____. J'adore! Tu aimes l'informatique?

MARCEL   _____. Je n'aime pas l'informatique. C'est _____! Je préfère les sciences nat.

CLAUDINE   Et l'anglais, tu aimes?

MARCEL   Oui, c'est _____. Tu as anglais _____, toi?

CLAUDINE   A treize heures.

MARCEL   Et _____, c'est à quelle heure?

CLAUDINE   A _____.

MARCEL   Ecoute, j'ai cours _____. Tchao!

CLAUDINE   _____, Marcel.

21 Dans quel ordre? The following dialogue has been scrambled. Rewrite it in a logical order.

— Comment s'appelle le prof?

— J'ai histoire à dix heures trente.

— C'est intéressant.

— Comment tu trouves le cours?

— Le mardi et le vendredi.

— Il s'appelle M. Dusable.

— Tu as histoire à quelle heure?

— Quels jours?

— <u>Tu as histoire à quelle heure?</u>

— _____

— _____

— _____

— _____

— _____

— _____

— _____

22 Au lycée Imagine what five of these people are saying. Use a variety of the words you learned in this chapter.

Example: M. Bonhomme : <u>La géo, c'est intéressant.</u>

1. Laetitia : _____

2. Benoît : _____

3. Etienne : _____

4. Saïd : _____

5. Elodie : _____

■ LISONS!

23 **La rentrée des classes**   You overhear these comments in the school hallway. Tell whether they announce good news or bad news.

	Super!	Nul!
1. Tu as un examen aujourd'hui!	_____	_____
2. Nous avons l'après-midi libre!	_____	_____
3. Le cours d'anglais est difficile.	_____	_____
4. Je trouve le cours d'histoire passionnant.	_____	_____
5. Le prof de français est cool.	_____	_____
6. L'informatique? C'est barbant.	_____	_____
7. Julie a 18 en maths.	_____	_____
8. Ecoute! «Elève très doué et sérieux».	_____	_____

24 A l'université

a. You have a summer job in a French university admission office. You've been asked to check a brochure that describes courses and gives their code numbers. The brochure has been misprinted. Most of the course titles are not showing. Read the course descriptions and write in the logical subject titles to the left of the course numbers.

Chimie   Biologie   Informatique   Anglais   Histoire

COURS		TITRE/DESCRIPTION
Mathématiques	2232	• Mathématiques financières. Intérêt.
_____	2110	• Shakespeare. Etudes de pièces représentatives.
_____	3315	• Plantes utilisées par l'homme.
_____	1955	• Etudes des principaux types de pollution. Visites des installations industrielles.
_____	2220	• La Chine de 1911 jusqu'à nos jours.
_____	2570	• Initiation à la programmation. Etude des langages FORTRAN, BASIC, COBOL.

b. Among the courses offered here, which two would you take? Why? What course does not appeal to you, and why not?

Example: J'aime Informatique 2570 parce que j'aime la programmation.

1. _____

2. _____

3. _____

■ PANORAMA CULTUREL

25 **Dans quel ordre?**   Put the following in chronological order according to the French educational system by numbering them from one to six.

_____ la quatrième   _____ le bac   _____ le lycée

_____ l'université   _____ la sixième   _____ la troisième

26 **Le bulletin scolaire**   Fill in the report card with comments you think teachers would make according to Rachid's grades. Use the words in the box.

LYCEE DE LA BASTILLE		Nom : *Rachid Boulaoui*
Matières	**Notes**	**Observations des professeurs**
Chimie	12	_____
Histoire	17	_____
Sciences	15	_____
Anglais	9	_____
Philosophie	11	_____
Français	10	_____

Excellent   Bien

Pas très bien

Assez bien

Moyen

Insuffisant

27 **Une carte de félicitations**   Your eighteen-year-old French friend showed you this card he or she received.

Félicitations pour ton examen!!!

1. Why do you think your friend received this card?

_____

_____

2. On what occasion would an American student be likely to receive a card like this?

_____

_____

3. Why would your friend be pleased and excited to have passed the **bac**?

_____

_____

CHAPITRE 2 Panorama culturel

CHAPITRE

3 Tout pour la rentrée

■ MISE EN TRAIN

1 Tout pour l'école   Circle the letter of the conversation that matches each picture.

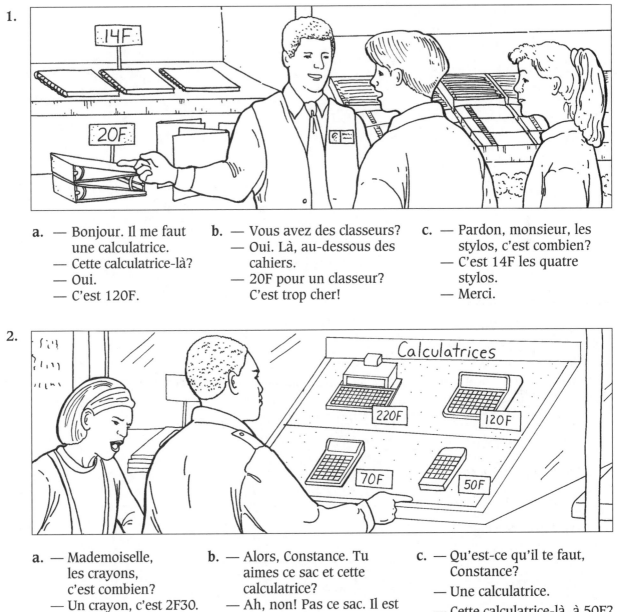

1.

a. — Bonjour. Il me faut
    une calculatrice.
    — Cette calculatrice-là?
    — Oui.
    — C'est 120F.

b. — Vous avez des classeurs?
    — Oui. Là, au-dessous des
    cahiers.
    — 20F pour un classeur?
    C'est trop cher!

c. — Pardon, monsieur, les
    stylos, c'est combien?
    — C'est 14F les quatre
    stylos.
    — Merci.

2.

a. — Mademoiselle,
    les crayons,
    c'est combien?
    — Un crayon, c'est 2F30.
    — Et ce stylo-là?
    — 6F45.
    — Bon, d'accord. Merci,
    mademoiselle.

b. — Alors, Constance. Tu
    aimes ce sac et cette
    calculatrice?
    — Ah, non! Pas ce sac. Il est
    horrible! J'aime mieux ce
    sac-là.
    — Oui, mais il est trop cher.
    120F, ce n'est pas possible.
    — Mais, papa...

c. — Qu'est-ce qu'il te faut,
    Constance?
    — Une calculatrice.
    — Cette calculatrice-là, à 50F?
    — Non, Papa! La
    calculatrice à 220F.
    — Ah, non alors! 220F,
    c'est trop!

CHAPITRE 3 Mise en train

■ PREMIERE ETAPE

2 Mots croisés   Use the school supplies from the list to complete the puzzle.

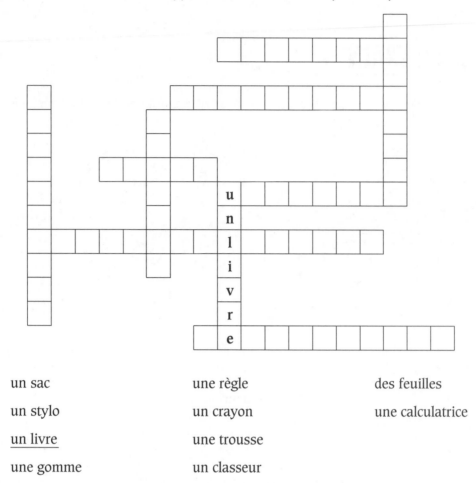

un sac   une règle   des feuilles

un stylo   un crayon   une calculatrice

un livre   une trousse

une gomme   un classeur

3 Désastre!   You're working at a school supplies warehouse. A computer glitch has caused the inventory list to get scrambled. Unscramble the items and the number of each item and then list them under the correct category below.

1. ietzer ascroyn   _____

2. traeqnua grlèse   _____

3. gintv seuclsars   _____

4. oeuzd mesmgo   _____

5. pest soustres   _____

6. enuf toslys   _____

Writing Tools   Organization Tools   Miscellaneous Supplies

_____   _____   _____

_____   _____   _____

4 Christophe et Annick

a. Christophe's desk is on the left and Annick's is on the right. Tell at least seven school supplies that each student has bought. Use **un, une**, or **des** before each item.

Christophe a...   Annick a...

_____   _____

_____   _____

_____   _____

_____   _____

_____   _____

b. You want to borrow certain supplies from Christophe. Christophe wants to be helpful. Look at the picture showing his supplies to decide how he would answer your questions.

Example: Tu as un cahier, Christophe? <u>Oui, voilà.</u>
Tu as un feutre? <u>Non, je regrette. Je n'ai pas de feutre.</u>

1. Tu as un crayon? _____

2. Tu as un sac? _____

3. Tu as un stylo? _____

4. Tu as une feuille de papier? _____

5. Tu as une calculatrice? _____

6. Tu as un taille-crayon? _____

CHAPITRE 3 Première étape

5 Qu'est-ce qu'il te faut? Séverine's English teacher has given her a list of supplies she has to buy for her class. Her French-speaking mother is having difficulty reading the list. How will Séverine answer her mom's questions?

a pencil sharpener

a notebook

pens

paper

two binders

an eraser

Example: — Il te faut un sac?
— Non, mais il me faut un cahier.

1. Il te faut un livre?

_____

2. Il te faut des crayons?

_____

3. Il te faut une calculatrice?

_____

4. Il te faut une trousse?

_____

5. Il te faut une règle?

_____

6 Tout pour mes cours Make a list of supplies you need for four of your current classes.

Example: Pour le français, il me faut un classeur, un livre et des feuilles.

1. Pour _____

_____

_____

2. Pour _____

_____

_____

3. Pour _____

_____

_____

4. Pour _____

_____

_____

CHAPITRE 3 Première étape

■ DEUXIEME ETAPE

7 Le bon choix   You're shopping for the new school year, and you know just what you want. Complete the conversations you have with the salesperson, using the correct articles.

Example: — Je voudrais <u>un</u> cahier.
— <u>Le</u> cahier vert?
— Non, <u>ce</u> cahier-là.

1. — Je voudrais _____ montre.

— _____ montre blanche?

— Non, _____ montre-là.

2. — Je voudrais _____ crayon.

— _____ crayon jaune?

— Non, _____ crayon-là.

3. — Je voudrais _____ baskets.

— _____ baskets bleues?

— Non, _____ baskets-là.

4. — Je voudrais _____ ordinateur.

— _____ ordinateur gris?

— Non, _____ ordinateur-là.

8 Tes préférences   You and your friend Martine are window-shopping. You don't always agree about what you like. Answer Martine's questions, saying that you prefer a different item.

Example: — Tu aimes ce portefeuille?
— Oui, mais j'aime mieux <u>ce portefeuille-là.</u>

1. — J'aime cette cassette. Et toi?

— Moi, j'aime mieux _____

2. — Est-ce que tu aimes cet ordinateur?

— Non, j'aime mieux _____

3. — Anne aime ce sac. Pas toi?

— Moi si, mais je préfère _____

9 L'arc-en-ciel   Your art teacher is giving you a quiz on colors. He or she wants you to use what you've learned in your French class as well. Can you name the colors produced by the following combinations?

rouge + bleu = _____

rouge + blanc = _____

noir + blanc = _____

bleu + jaune = _____

rouge + jaune = _____

marron   vert   noir   violet   gris   orange   rose

Allez, viens! Level 1, Chapter 3   Practice and Activity Book **29**

HRW material copyrighted under notice appearing earlier in this work.

CHAPITRE 3   Deuxième étape

10 De quelle couleur?   You're in charge of illustrating a French school newsletter. You've been asked to color the black and white illustrations based on the following instructions.

1. Le stylo est noir et rouge.
2. Le sac est marron.
3. Le crayon est orange.
4. Les livres sont verts et noirs.
5. La calculatrice est grise et noire.
6. La gomme est rose.
7. La feuille de papier est blanche.
8. Le cahier est jaune.
9. La règle est bleue.

11 Quel désordre!   Your thoughts are all jumbled as you think about the new school year. Get organized by unscrambling the following sentences.

1. voudrais/bleu/vertes./short/un/je/acheter/baskets/des/et

_____

2. tu/Paul/classeur/un/achètes/noir/trousse/grise./une/achète/mais

_____

3. Monique/la/adorent/blanche./cahier/et/Anne et Marie/aime/le/montre/blanc

_____

12 Je voudrais...   Write five things you would like to buy, using a word from each column. Start each sentence with **Je voudrais acheter**. Don't forget to make items and colors agree.

une	cahiers	vert
un	baskets	bleu
des	sac	rouge
	tee-shirts	blanc
	trousse	violet
	montre	noir

1. _____
2. _____
3. _____
4. _____
5. _____

CHAPITRE 3 Deuxième étape

13 Le portrait-robot   Read aloud description **(a)** to a partner, who will draw what you say in his or her workbook. Then as your partner reads description **(b)**, draw what you hear in your workbook. Pay attention to details. Color the items or write in the names of the colors in French.

a. Sylvie a un short bleu, un tee-shirt rouge, un classeur vert et un sac à dos noir. Elle n'a pas de stylo mais elle a trois crayons bleus.

b. Marc n'a pas de sac à dos, mais il a une trousse grise. Il a un jean noir et un tee-shirt rouge et blanc. Il a aussi trois cahiers jaunes.

14 Qui est-ce?   Write a description of one student in the class, telling what clothes and school supplies that person has. Don't forget to include colors and numbers. Read your description to the class to see who can guess which student you're describing.

_____

_____

_____

_____

_____

_____

CHAPITRE 3 Deuxième étape

■ TROISIEME ETAPE

15 Papier Plume   One of your duties as clerk at **Papier Plume** is to order items from a wholesale catalogue. You've noted the number of items you need near the pictures in the catalogue. Fill out the order form by entering the names of various items and the quantity to order.

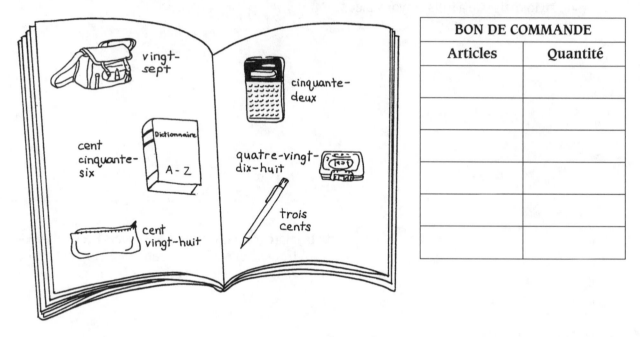

BON DE COMMANDE	
Articles	**Quantité**

16 Les nombres   You've given your French friends a math puzzle to solve, and here are their responses. Write down their responses using numerals.

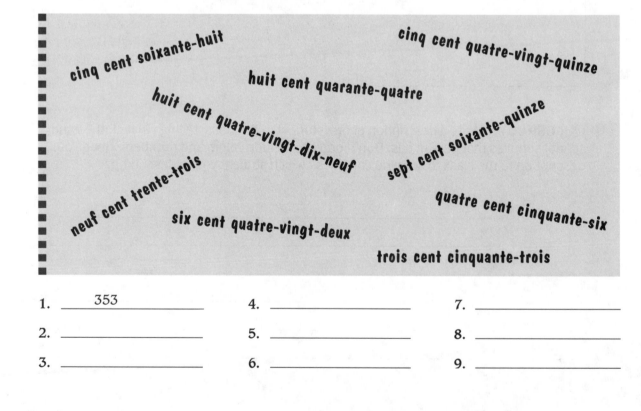

1. _____353_____   4. _____   7. _____

2. _____   5. _____   8. _____

3. _____   6. _____   9. _____

17 Combien ça coûte?

a. You're working at **Papier Plume.** A customer calls to ask how much various items cost. Write out the prices as you would say them.

Example: — Un stylo, c'est combien?
— C'est un franc, soixante.

1. Et un taille-crayon? _____

2. Et une règle? _____

3. Et un dictionnaire? _____

4. Et une calculatrice? _____

5. Et une trousse? _____

6. Et un cahier? _____

b. Now, your little sister and her friends ask you to help them buy their school supplies, but it's so noisy in the store that you can't hear everything they say. Fill in the blank before each item they mention. Then based on the prices shown above, help them calculate prices and write out how much money they'll need.

Example: — Il me faut <u>un</u> dictionnaire et <u>une</u> calculatrice.
— Alors, il te faut <u>trois cent soixante-cinq</u> francs.

1. — Il me faut _____ trousse et _____ classeur.

— Alors, il te faut _____ francs cinq.

2. — Il me faut _____ stylo et _____ cahier.

— Alors, il te faut _____ francs, _____ .

3. — Il me faut _____ gomme et _____ taille-crayon.

— Alors, il te faut _____ francs, _____ .

4. — Il me faut _____ classeur et _____ cahiers.

— Alors, il te faut _____ francs, _____ .

Practice and Activity Book **33**

CHAPITRE 3 Troisième étape

18 La politesse You're spending the summer with a French family. Prove that you're ready to make a good first impression on your hosts.

a. First, unscramble the words and phrases below that you'll need to know when you go shopping together.

rdnopa   _____

lpaîlsisuov't   _____

rvoiruae   _____

cierm   _____

b. Now, complete this conversation, using the expressions you've unscrambled.

— _____, monsieur.

— Les cassettes, c'est combien, _____?

— C'est 75 F.

— Bon, je voudrais cette cassette-là.

— Voilà.

— _____, monsieur.

— A votre service.

— _____, monsieur.

19 La montre parfaite You've seen a watch you really like in a store window. Write the conversation you'll have with the salesperson when you go in to purchase the watch. Include the following: greetings, a statement pointing out which watch you like, confusion about which watch you're pointing to, discussion of price, and goodbyes.

— _____

— _____

— _____

— _____

— _____

— _____

— _____

— _____

— _____

— _____

CHAPITRE 3 Troisième étape

■ LISONS!

20 A la mode

a. Look carefully at the items pictured and then read the descriptions given below. Write the letter of the picture next to the appropriate description.

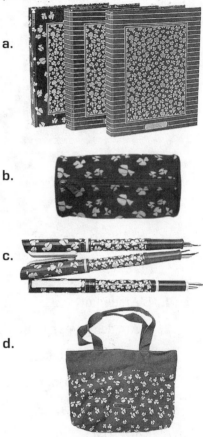

a.

b.

c.

d.

_____ Pour la rentrée, 65% polyester et 35% coton pour tous les âges et tous les usages. Il est pratique pour porter vos livres et vos cahiers ou pour faire les magasins. Cet article fleuri est disponible en rouge. **165 F** dans les grands magasins.

_____ C'est un fourre-tout idéal pour l'école. Pratique et solide, elle peut contenir crayons, règles, stylos et compas. Existe en rouge et disponible dans les grands magasins. **49 F.**

_____ Multicolores à couverture rigide. Solides mais légers, ils peuvent contenir beaucoup de feuilles. Existent en bleu, rouge ou vert. Ils sont faciles à transporter dans votre sac. **35 F** seulement.

_____ Elégants et faciles à recharger, ils sont idéals pour l'élève ou l'étudiant qui aime écrire. **45 F.** Disponibles en rouge, vert et bleu.

Four adapted photographs of Cacharel products from *Rentrée très classe à prix petits: Lafayette, Nouvelles Galeries.* **Reprinted by permission of Cacharel.**

b. Reread the ads above carefully and answer the following questions in English.

1. According to the ad, what items can the pencil case hold?

   _____

2. Which products are available in department stores?

   _____

3. In what colors are these two products available?

   _____

4. What can you buy for 45 F?

   _____

HRW material copyrighted under notice appearing earlier in this work.

CHAPITRE 3 Lisons!

■ PANORAMA CULTUREL

21 Les monuments parisiens You're collecting information on some well-known Parisian monuments. Write out the numbers to tell how tall each monument is.

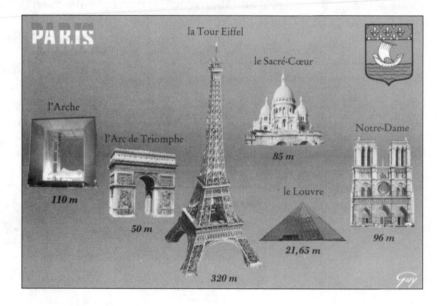

1. L'Arche fait _____ mètres.

2. L'Arc de triomphe fait _____ mètres.

3. La Tour Eiffel fait _____ mètres.

4. Le Sacré-Cœur fait _____ mètres.

5. La Pyramide fait _____ mètres _____ .

6. Notre-Dame fait _____ mètres.

22 Le franc français You need to shop for school supplies at the **Librairie-Papeterie de la Fontaine**. Look at the price list to see what you'll pay in French francs for your items, and calculate how much it'll cost you in dollars, knowing that the exchange rate that day is 5.5 F to the dollar.

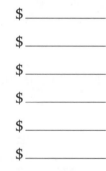

LIBRAIRIE-PAPETERIE DE LA FONTAINE	
1 livre de français	120,50F
2 livres d'anglais	250,00F
1 règle	7,15F
100 feuilles de papier	8,00F
3 crayons	12,60F
5 stylos	40,00F

En dollars

le livre de français $ _____

les livres d'anglais $ _____

la règle $ _____

les feuilles $ _____

les crayons $ _____

les stylos $ _____

CHAPITRE 3 Panorama culturel

Sports et passe-temps

■ MISE EN TRAIN

1 Un sondage Complete the following survey about what you do in your free time.

---

1. Qu'est-ce que tu fais comme sport?

   ☐ du ski nautique
   ☐ du football américain
   ☐ de la natation
   ☐ de l'aérobic
   ☐ autre *(other)* : _____

2. Qu'est-ce que tu aimes comme musique?

   ☐ le rock
   ☐ le rap
   ☐ le country
   ☐ le funk
   ☐ autre : _____

3. Tu aimes aller où le week-end?

   ☐ au cinéma
   ☐ au théâtre
   ☐ au concert
   ☐ au cirque *(circus)*
   ☐ autre : _____

4. Qu'est-ce que tu aimes faire pendant les vacances?

   ☐ lire
   ☐ faire du sport
   ☐ regarder la télé
   ☐ voyager
   ☐ autre : _____

■ PREMIERE ETAPE

2 C'est le fun! How do you like these activities? Rate them according to the following scale.

Beaucoup!

Comme ci, comme ça.

Pas tellement.

Pas du tout!

_____ faire du ski   _____ faire de la vidéo

_____ faire du jogging   _____ faire le ménage

_____ lire   _____ faire du vélo

_____ sortir avec des copains _____ voyager

_____ jouer au tennis   _____ jouer aux cartes

_____ faire du patin à glace _____ étudier

_____ faire du théâtre   _____ jouer au volley

3 Vive le sport! Say that you like to do the following things, using **faire** or **jouer**.

1. J'aime _____ du sport.   5. J'aime _____ au basket.

2. J'aime _____ au tennis.   6. J'aime _____ au golf.

3. J'aime _____ des photos.   7. J'aime _____ au base-ball.

4. J'aime _____ du ski.   8. J'aime _____ du jogging.

4 Les stars! The new exchange student from Sénégal, Makim, is not familiar with some of these athletes. You're an avid sports fan and you're telling him what sports the following people like.

Example: Michael Jordan   Il aime jouer au basket-ball.

1. Tiger Woods _____.

2. Monica Seles _____.

3. Tara Lipinski _____.

4. Dominique Moceanu _____.

5. Ken Griffey Jr. _____.

6. Emmit Smith _____.

7. Eric Lindross _____.

8. Jackie Joyner Kersee _____.

5 Colonie de vacances You're attending a sports camp this summer. Write a letter to your friend telling him or her about your schedule and how much you like or dislike the activities you're doing. Write about at least four activities.

Mon itinéraire	
8h00	natation
9h30	équitation
10h45	tennis
12h00	déjeuner
13h15	photo
14h00	libre
15h30	théâtre
16h00	volley

Cher/Chère _____

_____

_____

_____

_____

_____

_____

_____

6 On fait connaissance It's your first weekend with your Canadian family. Your host student asks you about your interests. Answer appropriately, using **Moi aussi** or **Pas moi**.

Example: J'aime jouer au volley. Et toi? Moi aussi, j'aime jouer au volley.
or Pas moi, mais j'aime jouer au tennis.

1. J'aime faire du roller en ligne. Et toi? _____

2. J'aime jouer au golf. Et toi? _____

3. J'aime faire du jogging. Et toi? _____

4. J'aime jouer au foot. Et toi? _____

5. J'aime faire de la natation. Et toi? _____

6. J'aime faire de la vidéo. Et toi? _____

CHAPITRE 4 Première étape

7 Un week-end ensemble Antoine and Anne-Marie are talking about their interests. Write what they're saying in a logical order.

— Oh, chouette! On fait du patin ce week-end!
— Est-ce que tu aimes faire de l'aérobic?
— Ah, oui! L'athlétisme, c'est super! Et le tennis, tu aimes ça?

— Non, pas tellement. J'aime surtout faire du patin à glace.
— Oui, mais je préfère l'athlétisme.

ANTOINE _____

ANNE-MARIE _____

ANTOINE _____

ANNE-MARIE _____

ANTOINE _____

8 Méli-mélo! Your new French pen pal who loves to play word games has written to ask you about different activities, but he has scrambled all his questions. Unscramble his questions so you can answer them.

1. au/jouer/tu/est-ce/aimes/que/foot?

_____

2. faire/aimes/tu/du/jogging?

_____

3. adore/j'/au/base-ball./jouer//toi?/et

_____

4. tu/jouer/au/golf?/mieux/tennis/au/est-ce/aimes/que/ou

_____

5. aimes/jeux/jouer/tu/des/vidéo?/à

_____

■ DEUXIEME ETAPE

9 La curiosité Your pen pal is curious about what American students do. Using some of the activities given below, tell him or her what you and your schoolmates do. Use the pronoun **on** in your sentences.

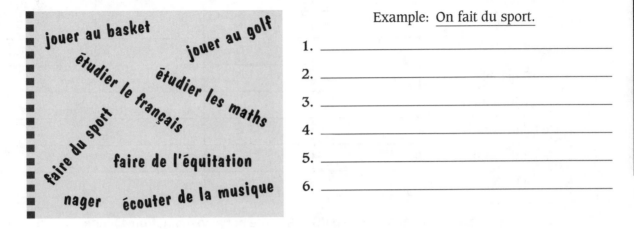

jouer au basket
jouer au golf
étudier le français
étudier les maths
faire du sport
faire de l'équitation
nager   écouter de la musique

Example: On fait du sport.

1. _____

2. _____

3. _____

4. _____

5. _____

6. _____

10 Devine! You're playing a game of charades with your French friends. You have to mime various activities for your team members who try to guess what the activities are. Unfortunately, you're not very good at miming. As your friends guess, tell them they've guessed wrong.

Example: Tu fais du jogging? <u>Non, je ne fais pas de jogging.</u>

1. Tu fais de l'équitation? _____

2. Tu joues à des jeux vidéo? _____

3. Tu fais de la natation? _____

4. Tu joues au tennis? _____

5. Tu écoutes de la musique? _____

6. Tu fais du roller en ligne? _____

7. Tu joues au football? _____

11 On est sportif! Everyone you know is very athletic. Tell what the following people do, using the correct forms of **faire** and **jouer**.

1. Je _____ du ski nautique et je _____ au basket.

2. Annick et Emilie _____ du ski et elles _____ au tennis.

3. Marie et moi, nous _____ du jogging et nous _____ au volley.

4. Tu _____ au base-ball et tu _____ aussi de l'athlétisme.

5. Marie _____ au foot et elle _____ de l'aérobic.

6. Vous _____ du patin à glace et vous _____ au football américain.

12 En quelle saison? Here are the dates of some Canadian holidays. In which season does each one fall? You might want to do some research to find out what is celebrated on each of these dates.

	en été	en automne	en hiver	au printemps
1. le 1er janvier				
2. le 1er août				
3. le 23 mai				
4. le 10 octobre				
5. le 11 novembre				
6. le 6 janvier				
7. le 25 décembre				
8. le 1er juillet				

13 Quand ça? Sarah's Canadian pen pal Jules wrote her a postcard from Quebec. Unfortunately, it rained on the postcard, and now Sarah can't read the seasons Jules mentions. Read the postcard and fill in the seasons.

Salut du Québec!

Ici, c'est chouette. On fait beaucoup de sport. _____, quand il fait chaud, j'adore faire de la natation. J'aime aussi faire du ski _____. _____, quand il fait frais, j'adore faire du tennis. _____, il pleut beaucoup, alors je regarde la télé. J'aime aussi faire du patin à glace quand il fait froid, _____. Et toi, qu'est-ce que tu fais comme sport?

Jules

Sarah Martin
_____ Main Street
Anytown, ___ 47777
U.S.A.

14 Les quatre saisons Your French pen pal is planning to visit and wants to know what weather to expect. For each season, describe the weather where you live.

1. En été, _____

2. En automne, _____

3. En hiver, _____

4. Au printemps, _____

15 **De bonnes résolutions** This is your sports schedule for this week. Write five statements about it, including days of the week.

Example: <u>Je joue au foot lundi.</u>

été						
L	M	M	J	V	S	D
9-12 h	18-20 h	9-12 h	18-20 h	13-17 h	10-15 h	13-17 h
18-20 h		18-20 h		18-20 h	11-16 h	11-16 h

1. _____

2. _____

3. _____

4. _____

5. _____

16 **Qu'est-ce que tu fais?** Use words from the following columns to write six sentences about what you do or don't do at various times of the year.

	il pleut	faire de la natation
Au printemps	il fait beau	faire du jogging
En été	il fait froid	faire du ski
En hiver	il fait chaud	regarder la télé
En automne	il neige	jouer au volley
	il fait frais	jouer à des jeux vidéo

Example: <u>En automne, quand il fait frais, je fais du jogging.</u>

1. _____

2. _____

3. _____

4. _____

5. _____

17 Qu'est-ce qu'on fait? You're writing your pen pal to let him or her know what you and your friends do and don't do throughout the year. Use the pictures as a guide and include specific months.

Example: En janvier, quand il fait froid, nous jouons au hockey. Nous ne faisons pas de vélo.

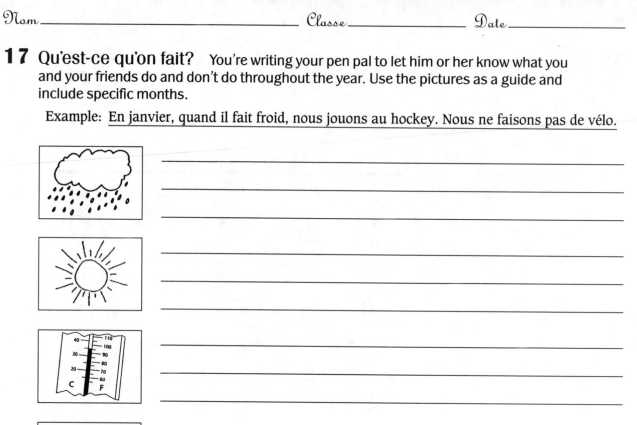

18 Une petite annonce Prepare an ad to find a French-speaking pen pal. Describe what you like to do throughout the year.

Example: Le soir, j'aime regarder la télé. Quand il fait froid, en janvier, je fais du ski. En vacances, j'aime la plage...

44 Practice and Activity Book

Allez, viens! Level 1, Chapter 4

HRW material copyrighted under notice appearing earlier in this work.

■ TROISIÈME ÉTAPE

19 Les cousins   Paul is a pessimist and reacts negatively to all suggestions. Séka is always happy about everything. Decide who is making each of the following remarks.

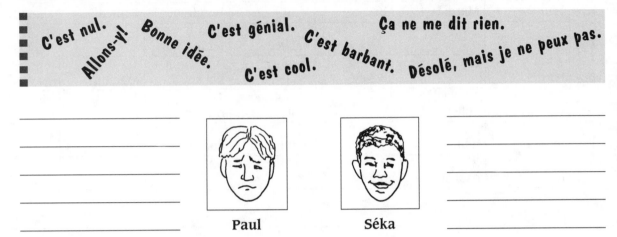

C'est nul.   Allons-y!   Bonne idée.   C'est génial.   C'est barbant.   Ça ne me dit rien.   C'est cool.   Désolé, mais je ne peux pas.

_____   _____
_____   _____
_____   _____
_____   _____

Paul   Séka

20 Une enquête

a. A French-Canadian magazine is taking a survey of what American teenagers do in their free time. Place a check mark in the appropriate column to indicate how often you do the following things.

Est-ce que tu...	jamais	rarement	quelquefois	souvent
écoutes de la musique?				
étudies le français?				
fais du ski?				
danses?				
regardes la télé?				
joues au volley?				

b. Now, write five statements telling how often you do certain things. Use the activities in the chart above or substitute others. Use each of the words and phrases given below only once.

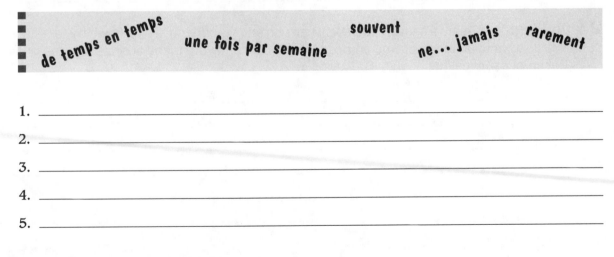

de temps en temps   une fois par semaine   souvent   ne... jamais   rarement

1. _____

2. _____

3. _____

4. _____

5. _____

21 Et Christian? Write five statements about how often Christian does an activity, based on his schedule.

Example: Il fait de l'aérobic de temps en temps.

Lundi	Mardi	Mercredi	Jeudi	Vendredi	Samedi	Dimanche
			1 basket	2 tennis	3	4 vidéo
5 tennis	6	7 hockey	8	9 hockey	10 jogging	11
12 tennis	13 volley	14	15 foot	16 hockey	17 jogging	18
19 tennis	20 natation	21	22 aérobic	23 danse	24 vidéo	25
26 tennis	27 basket	28 hockey	29	30		

1. _____

2. _____

3. _____

4. _____

5. _____

22 Jamais de la vie! You've found the perfect baby-sitting job that pays well. The parents told you to keep their nine-year-old son busy and to make sure he has a good time. You try to have a conversation with the child, but he makes a point of answering all your questions negatively, using **jamais** all the time. How would he answer these questions?

Example: Est-ce que tu joues au golf? Non, je ne joue jamais au golf!

1. Est-ce que tu fais du roller? _____

2. Est-ce que tu regardes la télé? _____

3. Est-ce que tu joues au base-ball? _____

4. Est-ce que tu fais du patin? _____

5. Est-ce que tu fais des photos? _____

23 Tu viens? Create a conversation between you and your friend in which you try to decide what to do together. You propose things to do and your friend accepts or turns down your suggestions.

— _____

— _____

— _____

— _____

— _____

— _____

■ LISONS!

24 Qu'est-ce qu'on peut faire? If you spent your vacation at **Lac Beauport**, which of the following activities would you be able to do? Check **oui** for the activities that are available and **non** for those that aren't offered.

	oui	non			oui	non
1. golf	___	___	6. swimming		___	___
2. tennis	___	___	7. horseback riding		___	___
3. snow skiing	___	___	8. aerobics		___	___
4. skating	___	___	9. soccer		___	___
5. drama	___	___	10. baseball		___	___

25 Des vacances à Beauport You're getting ready to spend your vacation in Quebec. Read the brochure for **Lac Beauport** and answer the following questions.

1. Is **Lac Beauport** only a winter resort? Why or why not?

_____

2. Can you learn to ski at **Lac Beauport**? How do you know?

_____

3. Can you ski only during the day? How do you know?

_____

4. What kinds of water sports does the resort offer?

_____

5. How far is **Lac Beauport** from Quebec?

_____

■ PANORAMA CULTUREL

26 La météo   You've been asked to make a weather map including the current temperatures in some francophone cities. Your data is from a French newspaper in degrees Celsius. To convert Celsius to Fahrenheit, multiply the number by 9/5 and add 32. First do the conversion in the blanks below the map. Then locate the cities on the map and write in their names and the temperatures.

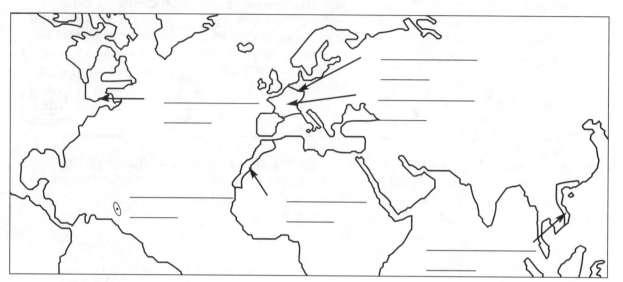

  a. Bruxelles (Belgique) : 18°C _____

  b. Montréal (Canada) : 23°C _____

  c. Ho Chi Minh-Ville (Viêt-nam) : 33°C _____

  d. Fort-de-France (Martinique) : 28°C _____

  e. Marrakech (Maroc) : 25°C _____

  f. Paris (France) : 22°C _____

27 Une carte postale   While vacationing in Quebec, you take time to write a postcard to a friend who doesn't speak French. Write in English, telling a little about what you've noticed and learned about the province of Quebec.

CHAPITRE

Nom_____ Classe_____ Date_____

5 On va au café?

■ MISE EN TRAIN

1 Vous désirez? Look at the pictures below and choose the appropriate content for each of the speech bubbles.

1. **a.** Vous avez des hamburgers?
   b. C'est combien, un hot-dog?
   c. Qu'est-ce que vous avez comme jus de fruit?

2. **a.** Qu'est-ce que vous avez comme sandwiches?
   b. Vous avez des steaks-frites?
   c. Qu'est-ce que vous prenez?

3. **a.** Je vais prendre une limonade.
   b. La carte, s'il vous plaît.
   c. Je vais prendre un croque-monsieur.

1. **a.** Un hot-dog, s'il vous plaît.
   b. Un croque-monsieur, s'il vous plaît.
   c. Un chocolat, s'il vous plaît.

2. **a.** Je vais prendre un sandwich au jambon.
   b. Une eau minérale, s'il vous plaît.
   c. Apportez-moi une glace.

3. **a.** Un jus de pomme, s'il vous plaît.
   b. Un steak-frites, s'il vous plaît.
   c. Je vais prendre un croque-monsieur.

CHAPITRE 5 Mise en train

HRW material copyrighted under notice appearing earlier in this work.

■ PREMIÈRE ÉTAPE

2 Chasse l'intrus   Circle the word or phrase in each group that does not belong.

1. ... On va au café?

   J'ai soif.

   J'ai faim.

   C'est super!

2. J'ai soif. Je prends...

   un chocolat.

   un jus d'orange.

   un croque-monsieur.

3. J'ai faim. Je prends...

   un croque-monsieur.

   une limonade.

   une crêpe.

4. On prend un sandwich...

   au saucisson.

   aux frites.

   au jambon.

5. — On va au café?

   — Merci.

   — Allons-y!

   — Bonne idée!

6. Désolée,...

   je prends un coca.

   j'ai des trucs à faire.

   ça ne me dit rien.

3 Les mots cachés   Can you find 13 words or phrases having to do with foods and beverages served in French cafés? Circle each word or phrase you find.

```
C  R  O  Q  U  E  M  O  N  S  I  E  U  R  H  V  D  O  L
K  M  D  I  R  T  E  J  D  A  Q  T  M  O  J  L  L  I  L
L  O  S  A  U  C  I  S  S  O  N  U  G  C  U  N  N  A  T
C  A  U  S  S  H  E  T  I  M  A  N  O  T  S  L  P  O  U
F  A  O  T  C  O  T  T  E  H  A  S  A  N  D  W  I  C  H
L  A  C  T  I  U  S  F  E  F  O  T  G  U  E  L  L  I  O
C  H  J  U  S  D  O  R  A  N  G  E  S  T  P  O  I  T  T
H  A  N  T  O  R  R  O  L  T  A  A  L  I  O  O  T  O  D
O  J  I  S  F  A  L  M  U  Q  U  K  R  A  M  P  U  T  O
C  I  M  O  U  L  O  A  T  C  A  F  E  L  M  A  T  R  G
O  S  O  C  R  I  T  G  O  T  E  R  T  O  E  S  I  A  N
L  I  M  O  N  A  D  E  U  C  H  I  C  A  N  T  S  O  T
A  A  N  C  I  L  O  R  S  O  A  T  O  O  T  S  A  S  I
T  N  O  A  L  E  A  U  M  I  N  E  R  A  L  E  T  I  E
A  G  U  E  R  S  V  E  O  L  L  S  I  A  Z  E  W  A  T
```

4 Faim ou soif?   Tell whether your friends are hungry or thirsty, according to what they're having or what's recommended. Use the correct forms of the verb **avoir**.

1. Michèle _____. Elle prend un coca.

2. Paul et Marc _____. Ils prennent des sandwiches.

3. J'_____. Je prends un jus d'orange.

4. Nous _____. Nous prenons des frites.

5. Tu _____, André? Prends un croque-monsieur!

6. Vous _____, non? Alors, prenez un jus de pomme!

5 Qu'est-ce qu'on prend? Cathy and her host family are at a café. She's trying to figure out what everyone is going to order to avoid confusing the server. Complete their conversation with the correct forms of the verb **prendre.**

CATHY   Est-ce que Paul _____ un jus d'orange?

JULIE   Oui, mais Marie et moi, nous _____ des limonades.

CATHY   Bon. Julie et Marie _____ une limonade. Et vous,

Monsieur Dubois, vous _____ un café, n'est-ce pas?

M. DUBOIS   Oui, oui. Et je _____ aussi un croque-monsieur.

CATHY   Et toi, Pauline, tu _____ un coca?

PAULINE   Non, je _____ un jus de pomme.

CATHY   Madame, s'il vous plaît!

6 Une visite A friend is staying with you this weekend. For each of your friend's statements, make a suggestion to keep your guest happy and entertained.

Example: J'aime les jus de fruit.   On prend un jus d'orange?

1. J'ai soif. _____

2. J'aime Monday Night Football®. _____

3. J'adore la musique. _____

4. J'ai faim. _____

5. J'aime faire du sport. _____

6. Il me faut un jean et un portefeuille. _____

7 Et toi? Suggest to your friends seven things to do this week. Include a day or a time in each suggestion.

Example: On joue au tennis mardi à six heures?

1. _____

2. _____

3. _____

4. _____

5. _____

6. _____

7. _____

CHAPITRE 5 Première étape

8 La barbe!   The French exchange student Claire, who's living with you and your family, wants to go to the mall. Give her five reasons why you can't possibly go.

1. _____
2. _____
3. _____
4. _____
5. _____

9 Une bande dessinée   Look at the picture and try to guess what the people are ordering, based on what they're thinking. Use complete sentences.

DIDIER _____

MINH _____

PAUL _____

MAMADOU _____

NABIL _____

■ DEUXIEME ETAPE

10 Qui parle? To see if you're ready to travel to France, your parents have decided to test your language skills in a restaurant. Read the following statements or questions and decide who would be more likely to say each one, the server or the customer.

	serveur	client(e)
1. Vous avez des frites?	_____	_____
2. La carte, s'il vous plaît.	_____	_____
3. Désolé, nous n'avons pas d'escargots.	_____	_____
4. Je prends une limonade.	_____	_____
5. Vous prenez?	_____	_____
6. Qu'est-ce que vous avez comme boissons?	_____	_____

11 Méli-mélo Put the following conversation between Marie-Laure and a server in the correct order by numbering the lines.

_____ LA SERVEUSE   Nous avons des jus d'orange et des jus de pomme.

_____ LA SERVEUSE   Oui?

_____ MARIE-LAURE   Qu'est-ce que vous avez comme jus de fruit?

_____ MARIE-LAURE   Madame, s'il vous plaît!

_____ MARIE-LAURE   Bon. Je voudrais un jus d'orange, s'il vous plaît.

12 Quelle cacophonie! You're eating at a restaurant where the music is so loud it's difficult to hear what people are saying. Fill in the missing words.

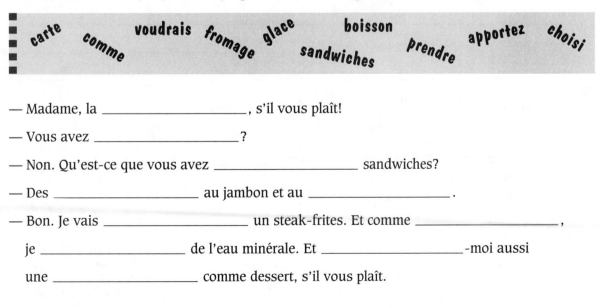

carte   comme   voudrais   fromage   glace   boisson   sandwiches   prendre   apportez   choisi

— Madame, la _____, s'il vous plaît!

— Vous avez _____?

— Non. Qu'est-ce que vous avez _____ sandwiches?

— Des _____ au jambon et au _____.

— Bon. Je vais _____ un steak-frites. Et comme _____,

je _____ de l'eau minérale. Et _____-moi aussi

une _____ comme dessert, s'il vous plaît.

CHAPITRE 5 Deuxième étape

13 On s'organise
You're asking all your friends to bring something to your party. Tell them what to bring, using the appropriate command forms of the verb **apporter.**

1. Sylvie, _____ une guitare.

2. Marc et Philippe, _____ des disques compacts.

3. Toi, Annick, _____ du coca.

4. Marie et Louise, _____ des sandwiches.

5. Toi, Pierre, _____ des cassettes.

6. Et Monique, _____ de la glace.

14 Monsieur, s'il vous plaît!
You're putting together a book of useful phrases for tourists. List five ways to order various items at a restaurant.

1. _____

2. _____

3. _____

4. _____

5. _____

15 Le baby-sitting
You're baby-sitting your French neighbor's children. Tell them what to do at certain times using official time. Use the **tu** or **vous** command form and write out the specific time you want them to do each activity.

Example: Marcel (écouter de la musique) <u>Ecoute de la musique à seize heures.</u>

1. Marcel et Sophie (faire les devoirs de maths) _____

_____

2. Marcel et Sophie (étudier le français) _____

_____

3. Sophie (regarder la télé) _____

_____

4. Marcel et Sophie (prendre des sandwiches) _____

_____

5. Marcel (faire le ménage) _____

_____

16 Qui dit quoi?   Look carefully at the picture and decide what the various people are saying.

Apportez-moi un coca, s'il vous plaît!

La carte, s'il vous plaît!

Un sandwich au fromage, s'il vous plaît!

Prends une limonade. C'est bon.

Mange ton croque-monsieur!

17 Au café   You've just arrived in Paris on your first trip to France and your host family takes you to a café. You were too excited about the trip to eat anything on the plane, but now you're famished! Write the conversation you have with the server at the café. Be sure to ask for the menu, ask what kind of food and drinks they have, and order.

_____

_____

_____

_____

_____

_____

_____

■ TROISIEME ETAPE

18 Une enquête In your health class, someone's conducting a survey of eating habits. Answer the survey by checking the appropriate adverb to tell how often you have each food or beverage. Add two items of your choice.

	souvent	quelquefois	rarement	jamais
des escargots				
une omelette				
des frites				
un croque-monsieur				
une quiche				
un sandwich				
une glace				

19 De bonnes raisons Write a sentence telling how often you order various foods or beverages in restaurants and give a different reason for each choice.

Example: Je ne prends jamais de frites parce que c'est dégoûtant.

1. _____

2. _____

3. _____

4. _____

5. _____

20 A ton avis,... An exchange student is asking you what foods and beverages he or she should or shouldn't try while in the United States. Give your opinion, using various adjectives in your answers.

Example: Et le «pumpkin pie», c'est bon? Oui, c'est délicieux.

1. Et les «enchiladas»? _____

2. Et le «chili»? _____

3. Et les «pancakes»? _____

4. Et le brocoli? _____

5. Et le cheddar? _____

6. Et le «root beer»? _____

CHAPITRE 5 Troisième étape

21 Tes préférences
Your host family wants to know what you like and don't like so they can plan meals accordingly. Write six sentences expressing your opinions, using words from each box.

J'adore	l'omelette	bon
J'aime bien	les crêpes	excellent
Je déteste	la quiche	délicieux
Je n'aime pas	la limonade	pas bon
	les escargots	pas terrible
	les hot-dogs	dégoûtant
	le citron pressé	

1. _____
2. _____
3. _____
4. _____
5. _____
6. _____

22 Questions-réponses
Match each question on the left with the correct answer on the right.

1. L'addition, s'il vous plaît. _____ a. Très bien, et toi?
2. Ça fait combien? _____ b. Pas tellement.
3. On va au café? _____ c. Pas terrible.
4. Vous prenez? _____ d. Quinze ans.
5. Comment tu trouves le café? _____ e. Désolé, je ne peux pas.
6. Tu aimes les frites? _____ f. Oui, tout de suite.
7. Tu as quel âge? _____ g. Cinquante francs.
8. Comment ça va? _____ h. Un coca, s'il vous plaît.

23 Avant de partir
You're about to leave a café, but you still have to ask for the check and pay it. Imagine your conversation with the server.

TOI _____

LE SERVEUR _____

TOI _____

LE SERVEUR _____

TOI _____

24 C'est combien?
A customer forgot his glasses and is asking the waiter how much some items on the menu cost. Write out the waiter's answers.

CAFE SPORT

Sandwiches		BOISSONS	
Fromage	15 F	Jus de fruit	13 F
Jambon	19 F	orange, pomme, pamplemousse	
Saucisson	18 F		
Hamburger	22 F	Limonade	11 F
Hot-dog	17 F	Café	8 F
Steak-frites	33 F	Cola	14 F
Croque-monsieur	22 F	Eau minérale	10 F
Pizza	20 F	Chocolat	10 F
Frites	10 F		
Glace	12 F		

Example: C'est combien, un café?   <u>C'est huit francs.</u>

1. Et un chocolat? _____

2. Et un steak-frites? _____

3. Et un jus de pomme? _____

4. Et un croque-monsieur? _____

5. Et un sandwich au saucisson? _____

25 Une scène au café
First, look at the two pictures below and try to imagine the conversations taking place. Then write the conversation for both of the illustrations in the spaces provided below. You might use the menu in Activity 24 for items and prices.

1.   2.

1. a. _____   2. a. _____

_____   _____

b. _____   b. _____

_____   _____

c. _____   c. _____

_____   _____

LISONS!

26 Suivez le guide!

> ### Le Fun Lunch
> ★★ Des sandwiches pour tous les goûts, sur pita, pain de campagne ou pain de mie, chauds ou froids. Notre favori : jambon cru, mozzarella, basilic et tomates à l'huile d'olive. 30 F sur place, 28 F emporté ou livré.
> *62, rue Fontaine-au-Roi, Paris 11e, tél. : 01.38.26.19.20*

> ### King Sandwich
> ★★★ Un snack-bar élégant et calme près du centre-ville agité, où on peut choisir de délicieux sandwiches frais pour l'été, par exemple : au saumon fumé, aux crevettes, aux crudités, au fromage de chèvre avec des noix. De 18 F à 32 F.
> *15, rue des Pingouins, Paris 13e, tél. : 01.27.16.49.06*
> *Fermé le samedi et le dimanche*

a. You're touring France with your family, and you're the only one who understands French. Help your family decide where to go for lunch by indicating which of the two restaurants fits the following descriptions.

	Le Fun Lunch	King Sandwich
has delicious summer sandwiches	_____	_____
mentions three types of breads	_____	_____
has both hot and cold sandwiches	_____	_____
describes one sandwich	_____	_____
describes four sandwiches	_____	_____
is closed on weekends	_____	_____
offers carry-out or delivery	_____	_____
is located in a busy area	_____	_____
describes a ham sandwich	_____	_____

b. Reread the ads carefully and answer the following questions.

1. Why do you think a French restaurant would have an American name?

   _____

2. About how much would you pay in American dollars if you bought a carry-out sandwich at **Le Fun Lunch?**

   _____

3. Can you guess what **huile d'olive** means?

   _____

4. Which restaurant would you choose and why?

   _____

CHAPITRE 5 Lisons!

■ PANORAMA CULTUREL

27 Français ou américain?

a. Choose four foods that you believe are typically American and four that are typically French.

American

1. _____

2. _____

3. _____

4. _____

French

1. _____

2. _____

3. _____

4. _____

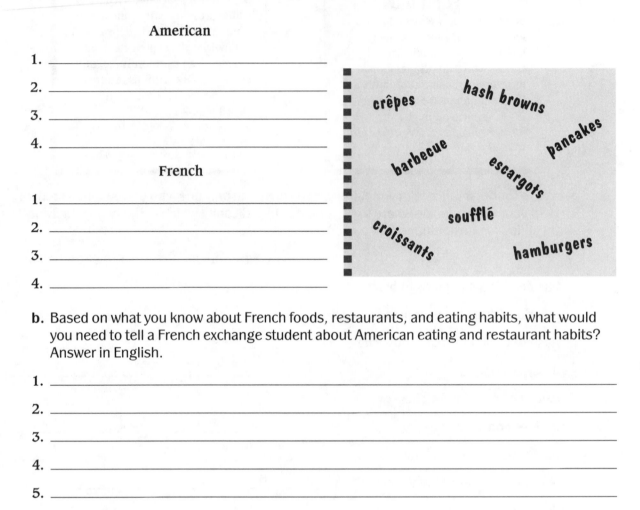

crêpes   hash browns

barbecue   pancakes

escargots

soufflé

croissants   hamburgers

b. Based on what you know about French foods, restaurants, and eating habits, what would you need to tell a French exchange student about American eating and restaurant habits? Answer in English.

1. _____

2. _____

3. _____

4. _____

5. _____

c. You've finished eating at a French restaurant whose menu indicates **Service compris.** You pay your bill and leave a 15% tip on the table. Your server thanks you several times. Why is he or she so pleased?

_____

_____

d. France is famous for its food. Can you think of French dishes, other than those in the box above, that are commonly served in American restaurants?

_____

_____

_____

CHAPITRE 5 Panorama culturel

CHAPITRE 6 Amusons-nous!

■ MISE EN TRAIN

1 **Une copine française** You'd like to get together with a French friend you met recently. Look at the picture of her room. Based on what she has in her room, decide if she is more likely to answer **oui** or **non** to your suggestions.

	oui	non
1. Allons au musée!	_____	_____
2. Tu veux aller au cinéma?	_____	_____
3. Tu veux jouer au foot?	_____	_____
4. On peut jouer au tennis!	_____	_____
5. Un concert, ça te dit?	_____	_____
6. On fait des photos?	_____	_____
7. On écoute de la musique?	_____	_____

2 **Vive le week-end!** Isabelle and Mathieu are making plans for the weekend. Put their conversation in the correct order by writing the number of each sentence or question in the correct bubble.

Isabelle :

1. Qu'est-ce que tu veux voir comme film?

2. Tu veux aller au cinéma?

3. Qu'est-ce que tu vas faire demain, Mathieu?

Mathieu :

4. D'accord.

5. Pas grand-chose. Je suis libre le soir.

6. Un film d'horreur.

■ PREMIERE ETAPE

3 Casse-tête   Find eight words hidden in this puzzle that refer to places you might go to. Write the words in the blanks provided.

B	I	R	B	L	I	O	T	C
E	H	E	C	O	L	E	Q	I
F	U	S	T	A	D	I	E	N
E	C	T	H	E	A	T	R	E
C	E	A	N	T	R	E	C	M
S	M	U	S	E	E	O	M	A
I	M	R	E	R	C	I	A	L
P	L	A	G	E	P	Z	O	O
C	M	N	A	I	S	O	O	N
D	S	T	P	A	R	C	S	O

_____

_____

_____

_____

_____

_____

_____

_____

4 Ton calendrier   Make your plans for the week, using this calendar. Write in the days of the week and what you plan to do on each day. Use a variety of activities.

lundi					
matin *aller à la piscine*					
après-midi *téléphoner à Diane*					
soir *faire les vitrines*					

5 Qu'est-ce que tu vas faire?   Your French pen pal Adrienne has written to ask what you're going to do this week. Answer her letter, telling her what activities you plan to do from Tuesday through Sunday. Also, tell her two things you're not going to do.

Example: Lundi, je vais aller à l'école. Je ne vais pas nager.

Chère Adrienne,

_____

_____

_____

_____

_____

_____

6 On ne s'entend pas!   It's too noisy at the café, so you can't hear your friends tell where they're going. Complete each sentence with the correct preposition, **à la** or **au,** and a logical destination.

Example: On va faire les vitrines au centre commercial.

1. On va lire _____ .

2. On va voir une pièce _____ .

3. On va faire un pique-nique _____ .

4. On va nager _____ .

5. On va voir les sculptures de Rodin _____ .

6. On va voir les lions _____ .

théâtre   musée   parc   piscine   bibliothèque   zoo

7 En vacances à Paris   Al's friend Joanne just arrived in Paris with her French class. She sent Al a postcard telling what they're going to do there. Unfortunately, it rained on the postcard and some words were smudged. Fill in the blanks with the correct forms of the verb **aller.**

Salut de Paris!

Je _____ visiter Notre-Dame.

Paul et moi, nous _____ visiter le Louvre.

Marc et Annick _____ visiter l'Arc de triomphe.

Paul, Marie et moi, nous _____ visiter le Sacré-Cœur. Philippe _____ aller au bois de Boulogne.

Agnès _____ visiter la tour Eiffel.

A bientôt,

Joanne

AL BROWN
130 Oak St.
Kokomo, IN 47900

U.S.A.

CHAPITRE 6 Première étape

8 Où est-ce qu'on va?   It's Saturday, and you and your friends are trying to decide what to do together. Each time they suggest a place, ask what you're going to do there.

Example: Allons au cinéma!   <u>On va voir un film d'horreur?</u>

1. Allons au restaurant!   _____ ?

2. Allons au parc!   _____ ?

3. Allons au stade!   _____ ?

4. Allons au centre commercial!   _____ ?

5. Allons à la piscine!   _____ ?

9 Vous faites quoi ce week-end?   Write five questions you might ask your friends to find out what they're going to do this weekend. Vary the way you ask your questions. Remember, you're talking to more than one friend.

Example: <u>Est-ce que vous allez voir un film?</u>

1. _____

2. _____

3. _____

4. _____

5. _____

10 Un petit mot   You're going out for the afternoon. Leave your mother a note telling her three places you plan to go to, and tell what you plan to do at each place.

Maman,

_____

_____

_____

_____

_____

_____

■ DEUXIEME ETAPE

11 On visite Paris   Sylvie and Paul are planning what to do this week. Every time Sylvie suggests something, Paul suggests they do it the next day. Write Paul's responses.

Example: On va visiter Notre-Dame lundi?   <u>Non, allons à Notre-Dame mardi.</u>

1. On va au Louvre mardi?

_____

2. On va à la tour Eiffel mercredi?

_____

3. On va faire une promenade au jardin du Luxembourg jeudi?

_____

4. On va au Sacré-Cœur samedi?

_____

12 Faisons un pique-nique!

a. You're suggesting a picnic on Sunday. Unscramble your friends' answers to find out who's going and who isn't.

Marie : quourpio spa?   _____

Thomas : cupéoc ssiu ej.   _____

Thuy : oséeléd. riafe sed à csurt ia j'.   _____

Marc : xpue ej spa en.   _____

Sylvie : iebn uexv ej.   _____

Djeneba : dcad'roc.   _____

Caroline : y-ollnas!   _____

Mathieu : édie noneb!   _____

b. Now, note their answers on your list so you can plan accordingly. Write **oui** if your friends are going to the picnic, and **non** if they aren't.

Marie : _____   Sylvie : _____

Thomas : _____   Djeneba : _____

Thuy : _____   Caroline : _____

Marc : _____   Mathieu : _____

13 Tu viens? Respond to the following invitations. Accept or refuse according to your true feelings.

1. Tu veux aller au stade? _____

2. On va au théâtre? _____

3. Je voudrais aller au zoo. Tu viens? _____

4. Allons à la bibliothèque! _____

14 Un rendez-vous important You're nervous about asking a new student at school to go to the movies with you. Practice by writing out four ways you could ask your friend to go.

1. _____

2. _____

3. _____

4. _____

15 Verbes croisés Complete these sentences with the correct forms of the verb **vouloir.** Then use your answers to fill in the puzzle.

1. Ils _____ aller au cinéma.

2. Et toi? Tu _____ manger au restaurant ce soir?

3. Non. Je _____ regarder la télé.

4. Vous _____ faire quoi ce week-end?

5. Nous _____ faire un pique-nique.

6. Hélène ne _____ pas sortir avec nous.

16 Ah non, alors! As you try to plan an activity that everyone will enjoy, write what you know that you and some of your friends don't want to do.

manger au café   aller à la bibliothèque   faire une promenade   voir un film

aller à la plage   aller au concert

Example: Annick, tu n'aimes pas le parc.   <u>Tu ne veux pas faire une promenade.</u>

1. Pierre et Sylvie n'aiment pas étudier.

_____

2. Marie et moi, nous n'aimons pas nager.

_____

3. Florence n'aime pas le cinéma.

_____

4. Nicole et Fabrice, vous n'avez pas faim.

_____

5. Moi, je n'aime pas la musique classique.

_____

17 Chers copains,... You want to see your friends this weekend. Write a note inviting each of them to do something with you. Suggest a day and a time, or time of day, for each activity.

Allez, viens! Level 1, Chapter 6

Practice and Activity Book **67**

HRW material copyrighted under notice appearing earlier in this work.

CHAPITRE 6 Deuxième étape

■ TROISIEME ETAPE

18 Quel brouhaha!   A friend is asking you about your plans, but it's too noisy in the school hallway to hear his questions. Complete your friend's questions with an appropriate question word.

comment quoi à quelle heure quand qu'est-ce que où

1. _____ ça va?

2. _____ tu vas faire ce week-end?

3. Tu veux faire _____ ce soir?

4. _____ est-ce que tu vas? Au cinéma ou au restaurant?

5. _____ est-ce que tu vas au cinéma? Ce soir ou demain?

6. _____ est-ce que tu vas au cinéma? A neuf heures quinze ou à onze heures trente?

19 Un samedi chargé   Write a note to your French hosts before you go out for the day. Tell them everything you're going to do, including the times. Use the notes below and write out the times in conversational style.

Déjeuner   12h30
Devoirs chez Marie   1h45
Musée du Louvre   4h15
Avec Luc au café   6h00
Dîner au restaurant   7h30
Film   9h35

Example: Je vais déjeuner à midi et demi.

1. _____

2. _____

3. _____

4. _____

5. _____

20 L'heure officielle
Céline's grandfather has retired from military service and still uses official time. Each time Céline agrees to meet him somewhere, she uses informal time.

Example: LE GRAND-PERE Rendez-vous au cinéma à vingt heures trente!

CELINE D'accord, je vais arriver à huit heures et demie.

LE GRAND-PERE Rendez-vous au restaurant à douze heures quinze!

CELINE _____

LE GRAND-PERE Rendez-vous au café à seize heures quarante-cinq!

CELINE _____

LE GRAND-PERE Rendez-vous au musée à dix heures cinquante!

CELINE _____

LE GRAND-PERE Rendez-vous devant le centre commercial à quinze heures trente!

CELINE _____

21 Une hôtesse curieuse
The mother of your French host family, Madame Lesieur, wants to make sure that she knows your plans. Answer her questions.

Example: Qu'est-ce que tu vas faire cet après-midi? Je vais jouer au tennis.

1. Qu'est-ce que tu vas faire lundi? _____

2. Avec qui? _____

3. A quelle heure? _____

4. Où? _____

5. Qu'est-ce que tu vas faire mercredi? _____

6. Où ça? _____

7. A quelle heure? _____

8. Avec qui? _____

9. Où est-ce que tu vas ce soir? _____

10. A quelle heure? _____

22 Tu fais quoi?
You know your French pen pal Clément likes movies, swimming, horseback riding, and walking in the park. Write five questions you might ask him about his plans for the weekend. Vary the way you ask your questions.

1. _____

2. _____

3. _____

4. _____

5. _____

CHAPITRE 6 Troisième étape

23 R.S.V.P.   When you open your locker at the end of the day, the notes your friends wrote you fall out on the floor. Each note is an invitation to do something together. Write a response to each one. If you accept an invitation, ask for additional information—at what time you'll go, where you'll meet, who else will come, and so on. If you refuse an invitation, give a reason why.

Je vais voir une pièce avec
Christine ce soir à huit heures.
Rendez-vous devant le théâtre
des Amandiers, d'accord?
                    Olivier

Pierre et moi, nous allons
à la bibliothèque après
l'école. Tu veux étudier
l'histoire avec nous?
                    Anne

Allons au centre commercial
ce week-end. Je veux faire
les vitrines. Viens avec moi!
                    Yasmina

Rendez-vous chez moi samedi
soir à sept heures. On peut
regarder un film.
                    Christian

 LISONS!

24 Le Pariscope   You're traveling in Paris and you've purchased a copy of the current *Pariscope*. Answer the following questions based on what you see in the table of contents.

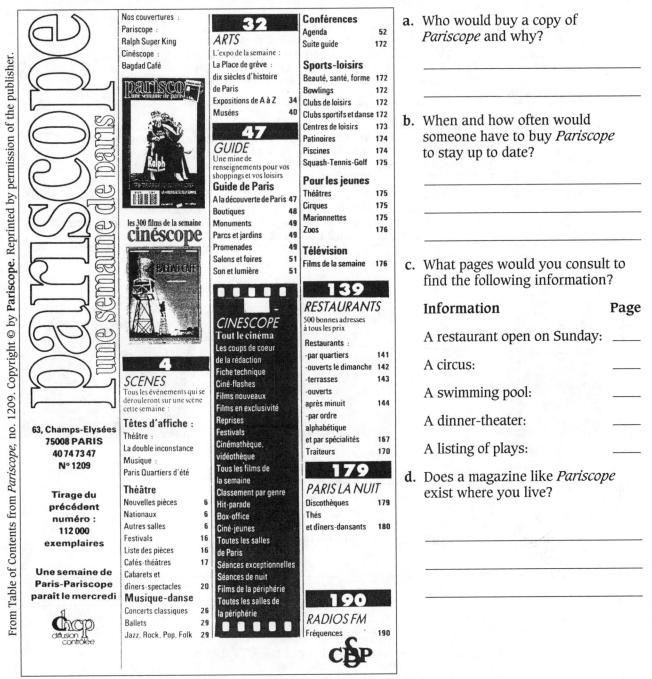

a. Who would buy a copy of *Pariscope* and why?

_____

_____

b. When and how often would someone have to buy *Pariscope* to stay up to date?

_____

_____

_____

c. What pages would you consult to find the following information?

Information	Page
A restaurant open on Sunday:	____
A circus:	____
A swimming pool:	____
A dinner-theater:	____
A listing of plays:	____

d. Does a magazine like *Pariscope* exist where you live?

_____

_____

_____

e. Here are the French titles of some American films that have been shown in France. Can you guess their American title?

Les Voyages de Gulliver   _____

La Petite Sirène   _____

Denis la malice   _____

La Belle et la bête   _____

■ PANORAMA CULTUREL

25 Un touriste à Paris   Match the captions with the pictures of the monuments. Write the number of the caption under the appropriate picture.

1. _____

TOUR EIFFEL, MÉTRO BIR-HAKEIM ou CHAMP-DE-MARS :
Ascension tous les jours de 10 heures à 18 heures 30, de juillet à septembre, de 10 à 18 heures toute l'année. Le troisième étage est fermé entre novembre et mars. Restaurant au 1er étage et brasserie au 2e.

2. _____

NOTRE-DAME, MÉTRO CHÂTELET ou CITÉ : Ascension tous les jours de 10 à 12 heures et de 13 à 17 heures 45 (17 heures en hiver). Fermé le mardi.

3. _____

ARC DE TRIOMPHE DE L'ÉTOILE, MÉTRO ÉTOILE. Il faut, pour y aller, prendre le passage souterrain qui passe sous la place. Ouvert de 10 à 12 heures et de 13 à 17 heures. Fermé le mardi.

_____

_____

_____

26 La MJC

a. What does **MJC** stand for? What can one do there?

_____

_____

_____

b. Is there something comparable to an **MJC** in your town? Explain.

_____

_____

_____

_____

Nom_____ Classe_____ Date_____

La famille

■ MISE EN TRAIN

1 L'album de photos   Look at the pictures and read the conversations. Then decide which conversation goes with each picture.

a.

b.

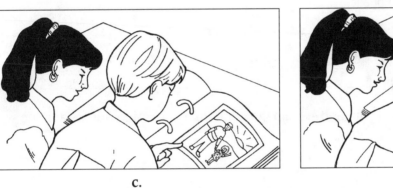

c.

d.

_____ 1. THOMAS   Là, ce sont mes grands-parents.
          MALIKA   Ils sont gentils?
          THOMAS   Oui, ils sont très gentils.

_____ 2. MALIKA   Qui est-ce, la dame aux longs cheveux bruns?
          THOMAS   C'est maman. Et ça, c'est ma tante Brigitte.
          MALIKA   Elles ont l'air sympa.

_____ 3. MALIKA   C'est toi, là?
          THOMAS   Oui, c'est moi. Et ça, c'est ma petite sœur.
          MALIKA   Comment elle s'appelle?
          THOMAS   Clothilde. Elle est mignonne mais super pénible.

_____ 4. THOMAS   Ça, c'est Noirot. C'est le chat de ma petite sœur.
          MALIKA   Oh! Qu'est-ce qu'il est mignon!
          THOMAS   Oui, il est adorable.

■ PREMIERE ETAPE

2 La famille d'Aurélie

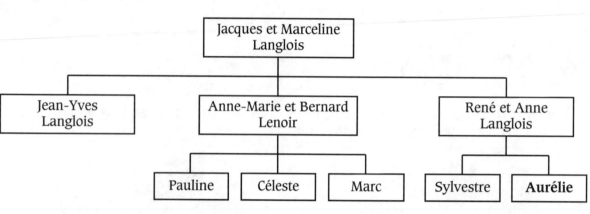

Jacques et Marceline
Langlois

Jean-Yves
Langlois

Anne-Marie et Bernard
Lenoir

René et Anne
Langlois

Pauline   Céleste   Marc   Sylvestre   **Aurélie**

a. You know that you'll be meeting Aurélie's family during your stay in France. Make sure that you know everyone's name.

1. Les oncles d'Aurélie s'appellent _____

2. Les cousines d'Aurélie s'appellent _____

3. Le cousin d'Aurélie s'appelle _____

4. Les parents d'Aurélie s'appellent _____

5. La grand-mère d'Aurélie s'appelle _____

6. La tante d'Aurélie s'appelle _____

b. Look at the family tree again, and explain the relationship between Aurélie and the following people.

Example: Anne est <u>la mère d'Aurélie.</u>

1. Sylvestre est _____

2. Pauline et Céleste sont _____

3. René est _____

4. Jacques est _____

5. Anne-Marie est _____

3 Des animaux célèbres   Your friend Youssoufou has never heard of these famous animal characters. Tell him who they are by completing the sentences logically.

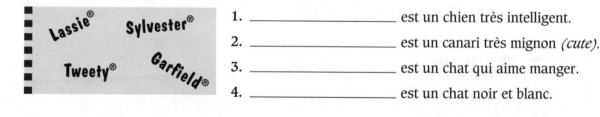

Lassie®   Sylvester®

Tweety®   Garfield®

1. _____ est un chien très intelligent.

2. _____ est un canari très mignon *(cute)*.

3. _____ est un chat qui aime manger.

4. _____ est un chat noir et blanc.

4 Une famille compliquée Use the clues given to complete the family tree. Write the name of each person in the appropriate oval.

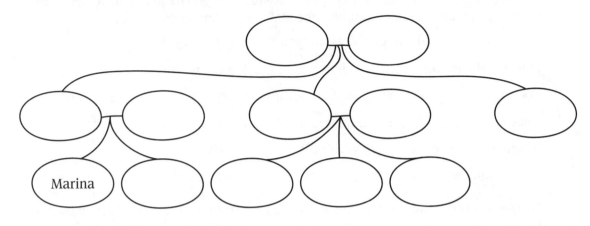

Marina

1. Annie est la grand-mère de Marina.
2. Jacques et Annie ont trois enfants.
3. Thomas et Alice sont les parents de Louise et de Marina.
4. Rose est la fille de Jacques.
5. Thérèse est la tante de Louise.
6. Marc est l'oncle de Marina et le père de Marguerite.
7. Emilie est la cousine de Marina.
8. Pierre est le fils de Thérèse.

5 Ma famille à moi You're writing to your new pen pal, Daphné, and you're sending her pictures of your family. Write about several family members and pets as if you were writing descriptions on the backs of the pictures. Make up an imaginary family if you wish.

Example: Voici mon frère. Il s'appelle Thomas. Il a six ans.

1. _____

2. _____

3. _____

4. _____

6 Qu'est-ce que tu dis? You're at a noisy café with your friends and you can't hear everything they're saying. Complete the questions they're asking one another with the appropriate possessive adjectives.

Example: Est-ce que tu vas au cinéma avec <u>tes</u> copains?

1. Catherine et Sophie, vous allez en vacances avec _____ parents cet été?

2. A quelle heure tu as rendez-vous avec _____ cousine, Lucas?

3. Il est bon, _____ croque-monsieur, Paul?

4. Eh, Julie! Ils sont sympa, _____ frères?

5. Ma sœur et moi, nous allons chez _____ oncle ce week-end. Tu viens avec nous?

7 On a tout?

a. You're doing a team project with your classmates and you need to check that everyone has the required material. Complete the statements and questions below.

Example: Moi, j'ai <u>mon</u> cahier et <u>mes</u> stylos.

1. Pierre et Habiba ont _____ livres et _____ calculatrices.

2. Etienne et moi, nous avons _____ cahiers. Etienne a _____ dictionnaire.

3. Alice a _____ gomme, _____ feuilles de papier et _____ classeur.

4. Juliette et Antoine, est-ce que vous avez _____ classeurs?

5. Et toi, Philippe, tu as _____ stylo, _____ trousse et _____ crayons de couleur?

b. The project is over and your friend volunteers to return the materials to their owners. He asks you who owns each item. Answer his questions.

Example: A qui est la gomme? <u>C'est la gomme d'Alice.</u>
Et les classeurs? <u>Ce sont les classeurs de Juliette et d'Antoine.</u>

1. Et la trousse? _____

2. Et les feuilles? _____

3. Et les calculatrices? _____

4. Et le stylo? _____

5. Et le dictionnaire? _____

8 Les présentations
Introduce some imaginary family members and friends to your French teacher, Madame Boucher, and to Jean-Luc, an exchange student. Tell something about each person you're introducing.

Example: Jean-Luc, <u>je te présente mon ami Paul. Il adore le football.</u>

1. Madame Boucher, _____

_____

2. Madame Boucher, _____

_____

3. Madame Boucher, _____

_____

4. Jean-Luc, _____

_____

5. Jean-Luc, _____

_____

■ DEUXIEME ETAPE

9 Devine qui c'est   Based on the descriptions below, decide who's in the pictures.

_____   _____

Mélanie est brune et mince.   Jean-Luc est petit et blond.

Pauline est grande et blonde.   Julien est grand et blond.

Chloé est petite et blonde.   Denis est petit et brun.

10 Les qualités   Group the adjectives in the appropriate category.

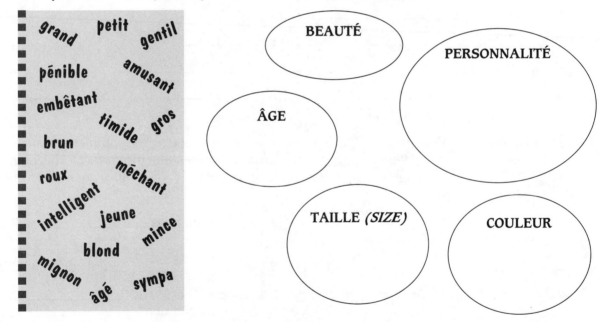

11 Les jumeaux   Paul and Pauline are twins. Complete the second sentence with the appropriate form of the adjective given in the first sentence.

Example: Paul est petit. Pauline est _petite_ aussi.

1. Pauline est rousse. Paul est _____ aussi.

2. Paul est jeune. Pauline est _____ aussi.

3. Pauline est mignonne. Paul est _____ aussi.

4. Paul est gentil. Pauline est _____ aussi.

12 Mais, pas du tout! Your French friends don't know these American celebrities. Answer their questions, giving the correct information.

Example: — Est-ce que Julia Roberts est grosse? — Mais non! <u>Elle est mince!</u>

1. — Est-ce que Shaquille O'Neal est petit?

— Mais non! _____

2. — Est-ce que Maggie Simpson® est âgée?

— Mais non! _____

3. — Est-ce que Marge Simpson® est méchante?

— Mais non! _____

4. — Est-ce que Mariah Carey est blonde?

— Mais non! _____

13 A propos de Marie Your pen pal David has sent you pictures of his family. Among the pictures, there's one of his sister, Marie. You want to know more about her. Write five questions you might ask David.

1. _____

2. _____

3. _____

4. _____

5. _____

14 Des projets de vacances You and your friends are spending the summer in France, but you're all staying in different cities. Complete the sentences with the correct forms of the verb **être**. Then look at page xxiii of your textbook to locate the various cities on the map and write in their names.

1. Paul et moi, nous _____ à Paris en août.

2. Marc _____ à Poitiers en juillet.

3. Sylvie et Anne, vous _____ à Arles en août, non?

4. Moi, je _____ à Tours en juillet.

5. Philippe, tu _____ à Chartres en juillet, c'est ça?

6. Thierry et Annick _____ à Aix-en-Provence en août.

15 Au contraire Read each of the descriptions below, then fill in the descriptions that follow with the opposite characteristics.

1. Jean est gentil. Jeanne _____

2. Ma tante est grosse. Ma mère et mon frère _____

3. Ma sœur est grande. Mon père et moi, nous _____

4. Serge est âgé. Tes copains et toi, vous _____

5. Maxine est pénible. Tu _____

6. Ma cousine est blonde. Je _____

16 Le jeu du portrait Write descriptions of three famous people and have your classmates guess who they are. Your descriptions should include name, age, physical characteristics, and personality traits.

1. _____
_____
_____
_____
_____

2. _____
_____
_____
_____
_____

3. _____
_____
_____
_____
_____

■ TROISIEME ETAPE

17 Les tâches domestiques   You're in the process of negotiating an increase in
your allowance, so you offer to do more chores. Rank the chores listed below from the
one you dislike most to the one you dislike least.

débarrasser la table
faire la vaisselle
faire le ménage
laver la voiture
tondre le gazon
sortir la poubelle
ranger ma chambre
passer l'aspirateur

1. _____
2. _____
3. _____
4. _____
5. _____
6. _____
7. _____
8. _____

18 Tu aides?   Complete the following chart to show how often you help around the house.

Je...	souvent	quelquefois	rarement	jamais
range ma chambre				
fais la vaisselle				
fais le ménage				
lave la voiture				
promène le chien				
débarrasse la table				

19 Questions-réponses   Choisis la bonne réponse.

1. _____ Papa, je peux aller au café?

2. _____ Elle est comment, ta cousine?

3. _____ Il est âgé, ton grand-père?

4. _____ Il est comment, ton chien?

5. _____ Il s'appelle comment, ton frère?

6. _____ Ils sont comment?

7. _____ Tu aimes tondre le gazon?

8. _____ Paul est blond?

a. Pas trop. Il a soixante ans.

b. Noir et blanc. Il est adorable!

c. Non. Pas du tout.

d. Non! Tu dois faire tes devoirs.

e. Mignonne, mais super pénible.

f. Non, il est brun.

g. Eric.

h. Ils sont très intelligents.

20 Au travail! Elodie's mom is coming back from a trip tonight. Elodie's dad wants to surprise his wife with a clean house, so he's assigning chores to the family members. Complete his instructions, using the correct form of the appropriate verb.

1. Moi, je _____ le ménage.

2. Julien et Florence _____ la voiture.

3. Toi, Elodie, tu _____ ta chambre et tu _____ ta petite sœur.

4. Julien et moi, nous _____ la table.

5. Julien, tu _____ la vaisselle.

6. Florence et Elodie, vous _____ le chien.

21 Je peux? Raymond has finished all of his assigned chores, but his brother Gabriel hasn't done any of his chores. They're both asking their parent for permission to do various activities. How might their parent respond to each of their requests?

Oui, si tu veux.   Non, tu dois faire tes devoirs.   Pas ce soir.
Pas question!   Pourquoi pas?   Oui, bien sûr!

RAYMOND

1. Papa, je peux sortir avec les copains?

_____

2. Je peux aller au théâtre ce soir?

_____

3. Est-ce que je peux aller au parc?

_____

GABRIEL

4. Je veux aller au ciné ce soir. Tu es d'accord?

_____

5. Je peux aller à une boum demain?

_____

6. Je peux regarder la télé?

_____

22 Je vous promets!   You're supposed to finish your chores by tomorrow but your friends just called to invite you to a movie. Write a note telling your parents where you're going and three or four chores you're going to do tomorrow.

_____

_____

_____

_____

_____

23 Chez moi, ...   Tell who does these chores at your house and how often. You might also complain that someone never does a certain chore.

Example: <u>Ma mère fait toujours la vaisselle.</u>

1. _____

2. _____

3. _____

4. _____

5. _____

24 Oui ou non?   You have a lot of plans for the weekend and you're asking your parent for permission. You're refused permission for three of the requests because you have chores to do. You get permission for three of the requests on the condition that you do a certain chore first. Write your parent's responses. Use a different chore in each response.

1. Est-ce que je peux aller au cinéma ce soir?

_____

2. Je voudrais sortir avec mes copains cet après-midi. Tu es d'accord?

_____

3. Je peux aller au parc ce week-end?

_____

4. Est-ce que je peux aller jouer au foot dimanche matin?

_____

5. Je voudrais aller au concert de rock samedi soir.

_____

6. Est-ce que je peux regarder la télé après le dîner?

_____

■ LISONS!

25 Voici ma famille Your French pen pal Sylvain has written you a letter describing his family. He also sent you pictures. Decide who's who based on Sylvain's descriptions.

Salut!

Merci pour ta dernière lettre. Aujourd'hui, je veux te présenter ma famille. Mon père s'appelle Marc. Il a 42 ans, il a les cheveux bruns et il est très grand. Ma mère, c'est Alice. Comme tu peux voir, elle est petite et blonde. Mes parents sont très sportifs. J'ai deux frères, Paul et Etienne. Paul est brun et grand, comme mon père; Etienne est blond, mince et un peu timide. Paul a 16 ans, Etienne 10. J'ai aussi

2

une petite sœur, Véronique. Elle est mignonne mais assez pénible. Elle a 4 ans. Nous avons deux chats; Rufus est gros et très vieux et Boubou est une petite chatte noire adorable. Je t'envoie deux photos; comme ça, tu peux te faire une idée.

Ecris-moi vite et à bientôt.

Sylvain

P.S. Ah, oui! Le garçon très fort et très mignon, c'est moi, bien sûr...

_____ Marc

_____ Boubou

_____ Etienne

_____ Véronique

_____ Alice

_____ Paul

_____ Sylvain

_____ Rufus

■ PANORAMA CULTUREL

26 La famille française Describe two or three ways in which the French government helps families.

_____

_____

_____

_____

_____

_____

27 Nos amis les chiens

a. You and a French-speaking exchange student are out walking your dog. He or she suggests that you stop in a restaurant and get something to eat. What cultural difference is he or she not aware of?

_____

_____

b. While in France, you notice some signs that you haven't seen in the United States. Answer the following questions about these signs.

1. This sign is posted at the entrance of a tourist attraction. How might a French person react? An American?

_____

_____

_____

_____

_____

2. Why is this sign necessary?

_____

_____

_____

_____

84 Practice and Activity Book

Allez, viens! Level 1, Chapter 7

HRW material copyrighted under notice appearing earlier in this work.

8 Au marché

■ MISE EN TRAIN

1 Au marché   Choisis la conversation qui correspond à cette image.

a. — Salut, Koffi.
— Salut, Djeneba.
— C'est combien, la calculatrice?
— Cette calculatrice-là? 200 F.
— Oh non! C'est trop cher!

b. — Bonjour, Koffi. Qu'est-ce qu'il te faut aujourd'hui?
— Bonjour. Il me faut un ananas et des bananes, s'il vous plaît.
— C'est tout?
— Oui, c'est tout pour aujourd'hui.

c. — Bonjour, madame.
— Bonjour, Koffi.
— Qu'est-ce que vous avez comme sandwiches?
— J'en ai au jambon et au fromage.
— Alors, apportez-moi un sandwich au fromage, s'il vous plaît.

2 **Mais que disent-elles?**   Unscramble this conversation between Djeneba and her mother. Add commas when necessary.

1. MME DIOMANDE   tiens / Djeneba / me / tu / marché? / fais / le

   _____

2.   DJENEBA   qu'il / faut? / te / qu'est-ce // volontiers!

   _____

3. MME DIOMANDE   des / riz / faut / du / il / légumes / me / du / et / pain.

   _____

4.   DJENEBA   maman. / d'accord / bon

   _____

5. MME DIOMANDE   oublié… / ai / ah / j' // tomates / de / de / pâte / prends / la / aussi.

   _____

■ PREMIERE ETAPE

3 Les intrus   Cross out the word in each group that doesn't belong.

1. des fraises

    des gombos

    des pommes

    des ananas

2. du pain

    de la confiture

    du beurre

    du riz

3. du porc

    du poulet

    du poisson

    du maïs

4. du lait

    du fromage

    des fraises

    du beurre

5. des mangues

    des petits pois

    des carottes

    des haricots verts

6. de la tarte

    du poisson

    des yaourts

    du gâteau

4 Grossir ou maigrir?   One of your friends wants to gain weight and another wants to lose weight. Suggest six foods that each person might eat.

_____

_____

_____

_____

_____

_____

CHAPITRE 8 Première étape

5 **Un(e) artiste gastronome**   You're illustrating a French food encyclopedia. Draw a picture for each caption.

un gâteau	une frite	une tarte
du gâteau	des frites	de la tarte

6 **Au café**   Mme Siclier and Guillaume are deciding what to have for lunch. Complete their conversation with the appropriate articles.

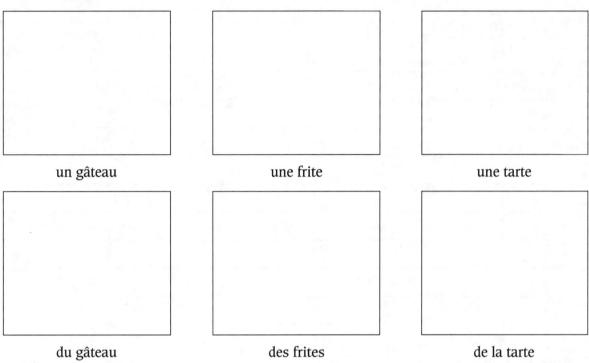

MME SICLIER   Qu'est-ce que tu veux, Guillaume?

GUILLAUME   Euh… Vous avez _____ sandwiches?

LE SERVEUR   Oui. Tu veux _____ sandwich au saucisson

ou _____ sandwich au jambon?

GUILLAUME   _____ sandwich au jambon… et _____ frites.

LE SERVEUR   Et comme dessert?

GUILLAUME   _____ tarte aux poires.

LE SERVEUR   Nous n'avons pas _____ tarte. Mais nous

avons _____ gâteau au chocolat.

GUILLAUME   Alors, pas _____ dessert, merci.

LE SERVEUR   D'accord. Et pour vous, madame?

MME SICLIER   Moi, je vais prendre _____ poisson avec _____ haricots verts et _____ salade.

LE SERVEUR   Très bien. Et comme boisson?

MME SICLIER   Apportez-nous _____ eau minérale. Ah oui! Et je voudrais aussi _____ pain, s'il vous plaît.

CHAPITRE 8 Première étape

7 Tes préférences The French family you'll be staying with wrote you a letter asking what you usually eat. Answer their letter.

Chère famille,

_____

_____

_____

_____

_____

_____

_____

_____

8 Qu'est-ce qu'il te faut? Name something else you need in each category.

Example: J'ai des petits pois, des oignons et du maïs. Il me faut aussi des haricots verts.

1. J'ai du porc, du poisson et du bœuf.

_____

2. J'ai des oranges, des bananes et des poires.

_____

3. J'ai des yaourts, du lait et de la glace.

_____

9 Des ingrédients indispensables What do you need to make the following dishes? Name at least one ingredient for each item.

Example: Pour faire de la salade de fruits, on a besoin d'oranges.

1. Pour faire des hamburgers, _____

2. Pour faire une tarte, _____

3. Pour faire une omelette, _____

4. Pour faire des frites, _____

5. Pour faire une pizza, _____

■ DEUXIEME ETAPE

10 **S'il te plaît, maman...** Your mother is going shopping and has asked you what you'd like from the store. Ask her to get four things you like, in four different ways.

1. _____

2. _____

3. _____

4. _____

11 **On va au cinéma?** You'd like someone to go to the movies with you. Some of your friends accept and others decline. Pierre can't go, Djeneba says that she would love to, Alice also accepts, Marc can't tonight, Philippe is busy, and Rachid doesn't have time. Tell how each person accepts or refuses your invitation.

Example: — Pierre, on va au cinéma ce soir?
— Non, je regrette, je ne peux pas.

1. — Et toi, Djeneba?

_____

2. — Et toi, Alice?

_____

3. — Et toi, Marc?

_____

4. — Et toi, Philippe?

_____

5. — Et toi, Rachid?

_____

12 **Ton propre choix** Qu'est-ce que tu veux faire samedi? Tes amis te font ces suggestions. Qu'est-ce que tu réponds?

1. Tu veux faire de l'équitation? _____

2. Tu veux aller à la plage? _____

3. Tu veux faire les vitrines? _____

4. Tu veux dîner au restaurant? _____

5. Tu veux voir un film? _____

6. Tu veux étudier le français? _____

CHAPITRE 8 Deuxième étape

13 Qu'est-ce que tu en dis?   Complète cette conversation avec les formes correctes du verbe **pouvoir**.

THIERRY   Je vais au match de foot avec mes parents. Lucie et Colette, vous _____ y aller avec nous, si vous voulez.

LUCIE   Désolée, je ne _____ pas.

COLETTE   Oui, d'accord. Mes parents ne _____ pas y aller aujourd'hui, mais moi, je veux bien.

THIERRY   On _____ se retrouver au café à six heures?

COLETTE   Bonne idée! Comme ça, nous _____ manger avant le match. Tu _____ me téléphoner à cinq heures et demie pour confirmer?

THIERRY   D'accord.

14 Des goûts différents   You're a tour director. Everyone in your tour group wants to do something different. Using the verbs **vouloir** and **pouvoir**, tell where everyone can go to do what they want to do.

Example: Paul peut aller au stade s'il veut voir un match.

1. Marc et Philippe _____

   s'ils _____ voir une pièce.

2. Annick et moi, nous _____

   si nous _____ voir un film.

3. Moi, je _____

   si je _____ faire les vitrines.

4. Monsieur, vous _____

   si vous _____ faire une promenade.

5. Eric, tu _____

   si tu _____ manger un sandwich.

6. On _____

   si on _____ lire des livres.

15 De bonnes mesures   How is meat sold? Cross out the quantities that are not logical. Then number the remaining quantities in order from the smallest (1) to the largest.

_____ une bouteille de viande   _____ une douzaine de viande

_____ un kilo de viande   _____ une livre de viande

_____ un litre de viande   _____ cent grammes de viande

16 Allez, viens à l'épicerie!   You're cooking for a big party tonight and your friends have volunteered to go grocery shopping for you. Complete these sentences with the appropriate quantities from the box below.

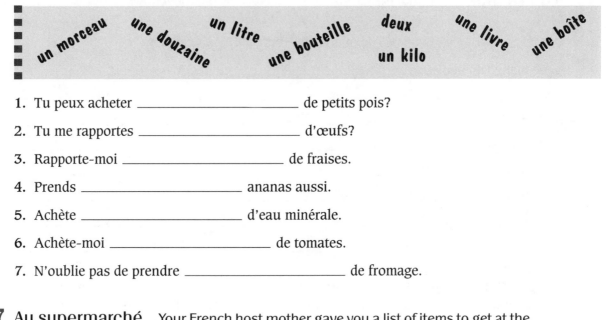

un morceau   une douzaine   un litre   une bouteille   deux   une livre   une boîte   un kilo

1. Tu peux acheter _____ de petits pois?

2. Tu me rapportes _____ d'œufs?

3. Rapporte-moi _____ de fraises.

4. Prends _____ ananas aussi.

5. Achète _____ d'eau minérale.

6. Achète-moi _____ de tomates.

7. N'oublie pas de prendre _____ de fromage.

17 Au supermarché   Your French host mother gave you a list of items to get at the store, but you've forgotten how much of each item she wants. You'll have to decide on a logical quantity for each one.

_____ de pommes de terre

_____ de jambon

_____ de fromage

_____ de sucre

_____ de lait

_____ de riz

18 Un dîner chez toi   You've decided to invite eight of your friends over for dinner. You're planning to serve croque-monsieur, tomato salad, and a fruit salad. Make a shopping list of the things you need, including specific quantities when necessary.

_____

_____

_____

_____

_____

_____

CHAPITRE 8 Deuxième étape

■ TROISIEME ETAPE

19 A quel repas? At what meals would you most likely eat the following foods?

Example: Je mange des œufs <u>au petit déjeuner.</u>

1. Je mange du poulet _____

2. Je mange un sandwich _____

3. Je mange du chocolat _____

4. Je mange de la soupe _____

5. Je mange de la confiture _____

6. Je mange de la viande _____

7. Je mange de la salade _____

8. Je mange du gâteau _____

20 Tes goûts personnels You've received a letter from your future French host family asking for details about your eating habits. Write them back, telling what you usually have for breakfast, lunch, and dinner. Mention some things you don't like, too.

Au petit déjeuner, _____

_____

Au _____

_____

Au _____

_____

21 Un(e) végétarien(ne) You're eating dinner at your friend's house, but you're a vegetarian. Politely refuse the meat and accept the other food. Vary your answers, using the choices given below.

Oui, avec plaisir. Oui, s'il te plaît. Non, merci. Non, je n'en veux pas. Oui, j'en veux bien.

1. Tu veux de la glace? _____

2. Tu veux des carottes? _____

3. Tu veux du porc? _____

4. Tu veux des haricots verts? _____

5. Tu veux des pêches? _____

6. Tu veux du saucisson? _____

22 Le savoir-vivre   Vary the way you offer your friend the following items. Be sure to use the correct articles.

Example: Tu veux du thé?

pain   bœuf   eau minérale   haricots verts   glace   saucisson

1. _____
   _____

2. _____
   _____

3. _____
   _____

4. _____
   _____

5. _____
   _____

6. _____
   _____

23 Qu'est-ce que tu manges?   Your uncle, Benoît, who is a nutritionist, is asking about your eating habits. Answer his questions, telling how often you eat each food.

Example: Tu manges des fruits? Oui, j'en mange souvent.
          Tu manges des goyaves? Non, je n'en mange jamais.

1. Tu manges de la salade?

   _____

2. Tu manges du poulet?

   _____

3. Tu manges du saucisson?

   _____

4. Tu manges des légumes?

   _____

5. Tu manges du gâteau?

   _____

6. Tu manges des bananes?

   _____

CHAPITRE 8 Troisième étape

24 **Un dîner en tête-à-tête**   Sandrine invited Adrien to dinner. Imagine what they're
saying about their meal.

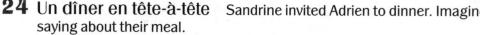

_____
_____
_____
_____
_____
_____
_____
_____
_____
_____
_____
_____
_____
_____
_____

Allez, viens! Level 1, Chapter 8

■ LISONS!

25 Une lettre de Côte d'Ivoire You've received a letter from Etienne, a friend of yours who is visiting his pen pal in Côte d'Ivoire. Read his letter and answer the questions that follow.

> Salut de Côte d'Ivoire! Ma famille ivoirienne habite à Abidjan, une grande ville de la Côte d'Ivoire. J'aime beaucoup Abidjan. Ici, on peut manger des spécialités ivoiriennes et françaises. Tu sais, la Côte d'Ivoire était une colonie de la France autrefois. A Abidjan, on mange beaucoup de poisson et de riz. Un plat typique est le foutou, mais moi, j'aime mieux l'aloco; c'est des bananes frites servies avec une sauce épicée. C'est délicieux. Au marché, il y a des légumes et des fruits qu'on ne trouve pas souvent en France : des gombos, des goyaves, des noix de coco, des papayes, et surtout des ananas et des mangues. J'adore les mangues!

> 2
>
> Il y a aussi des restaurants français à Abidjan. C'est chouette! Je peux manger mes plats préférés, comme à la maison : de la tarte aux pommes, des pommes de terre sautées, du rôti de porc ou du poulet aux champignons.
>
> Quand on va à la plage avec ma famille, on prépare un pique-nique avec des sandwiches et beaucoup de fruits locaux. Les plages sont très belles ici.
>
> Vive les vacances en Côte d'Ivoire!
> Ecris-moi vite et à bientôt.
>   Etienne

1. What are two popular foods in Abidjan?

   _____

2. What is Etienne's favorite dish from Côte d'Ivoire? What is it made with?

   _____

3. What feature mentioned by Etienne might attract tourists to Côte d'Ivoire?

   _____

4. What are three fruits that are not common in France but are very popular in Côte d'Ivoire?

   _____

5. Who is Etienne staying with? Is he in the country or in the city?

   _____

6. Why do you think there are many French restaurants in Côte d'Ivoire?

   _____

■ PANORAMA CULTUREL

26 Le système métrique Match the weights and measures on the left with their closest equivalents in the metric system.

_____ 1 gallon

_____ 2 miles

_____ 2 pounds

_____ 1 pound

_____ 1 quart

_____ 20 inches

a. 1 kilogram

b. 50 centimeters

c. 1 liter

d. 4 liters

e. 500 grams

f. 3 kilometers

27 Les repas francophones Your friend is going to spend the summer with a francophone family. How will the meals be different?

_____

_____

_____

_____

28 La nourriture ivoirienne

1. What fruits are popular in Côte d'Ivoire?

_____

2. What is the name of the common "market" language of Côte d'Ivoire? Why is there a need for a "market" language?

_____

_____

3. What is **foutou**?

_____

4. Is shopping in Côte d'Ivoire like shopping in the United States? What are the main differences?

_____

_____

_____

_____

CHAPITRE 9 · Au téléphone

■ MISE EN TRAIN

1 Le week-end   Ahmed et Laurent parlent de leur week-end. Complète leur conversation.

Allez, viens! Level 1, Chapter 9   Practice and Activity Book **97**

HRW material copyrighted under notice appearing earlier in this work.

CHAPITRE 9 Mise en train

■ PREMIERE ETAPE

2 Des hauts et des bas It's Monday morning, and you ask your friends how they enjoyed the weekend. Write their answers under the appropriate illustrations.

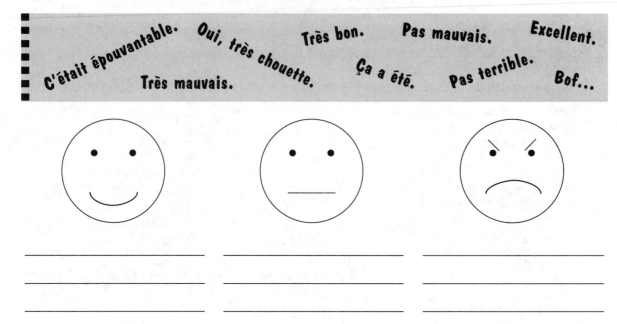

C'était épouvantable. Oui, très chouette. Très bon. Pas mauvais. Excellent.
Très mauvais. Ça a été. Pas terrible. Bof...

_____   _____   _____
_____   _____   _____
_____   _____   _____

3 Mais, où j'étais? You were supposed to meet your friend last night, but never connected. You try to figure out what went wrong by reviewing what happened. Number the following events in order.

_____ Ensuite, je suis allé(e) au centre commercial.

_____ D'abord, j'ai déjeuné avec mes parents.

_____ Finalement, je suis rentré(e) chez moi à minuit.

_____ Après, j'ai téléphoné à Jean-Luc.

_____ Jean-Luc et moi, nous sommes allés au cinéma à neuf heures.

4 Les vacances You're back from vacation and your grandmother wants to know what you did. Answer her questions. Remember! You were on vacation! Be sure to answer in the past tense.

Example: Tu as nagé? <u>Oui, j'ai nagé.</u>

1. Tu as fait tes devoirs? _____

2. Tu as pris des photos? _____

3. Tu as acheté des souvenirs? _____

4. Tu as travaillé? _____

5. Tu as lu des romans? _____

5 Je peux sortir? You've done your chores, but your mother doesn't know it. When she tells you what to do, tell her you've already done it.

Example: Lis ton livre d'anglais! J'ai déjà lu mon livre d'anglais.

1. Promène le chien! _____

2. Fais la vaisselle! _____

3. Range ta chambre! _____

6 Une journée bien remplie As camp counselor, you're required to report on what everyone did at camp yesterday. Check to make sure you know what everyone did. Complete each sentence with the correct form of the appropriate verb.

faire écouter jouer téléphoner regarder nager préparer

Example: Pierre et Hervé ont joué au tennis.

1. Thierry, tu _____ une promenade?

2. Maurice et Séko, vous _____, non?

3. Moi, j'_____ de la musique.

4. Philippe _____ le match de foot.

5. Loïc et moi, nous _____ à nos parents.

6. Annick et Hélène _____ le déjeuner.

7 Qui, quand et quoi? Read the following chart. Today is Tuesday. Tell what your friends did yesterday (**hier**), what they're doing today, and what they're going to do tomorrow.

	Alice	Latifa	Siméon	Constant
LUNDI	un film	la vaisselle	au restaurant	un livre
MARDI	ses devoirs	sa chambre	de la musique	au tennis
MERCREDI	la télé	à la cantine	au musée	les magasins

1. Hier, Alice a vu un film, _____

_____

2. Aujourd'hui, _____

_____

_____

3. Demain, _____

_____

_____

CHAPITRE 9 Première étape

8 Un récit de voyage   You and your friend Aline found an old diary her grandfather kept when he visited Paris years ago. The book is mildewed and some words are smudged. Guess what the missing words are to make sense of the story.

> Le 18 juillet 1955
>
> Aujourd'hui, j'_____ au café des «Deux Magots» avec Antoine. Ensuite, nous _____ un film. Le film _____ à 2h30. Après le cinéma, nous _____ l'Arc de triomphe et la Sainte-Chapelle. Antoine _____ le bus de 7h00. Il _____ un taxi. Moi, j'_____ une promenade au parc Montsouris et j'_____ au restaurant «La Coupole». Quelle journée!

9 La curiosité   Ton ami(e) est sorti(e) samedi soir. Pose-lui quatre questions sur ce qu'il/elle a fait. Utilise un verbe différent dans chaque question.

1. _____

2. _____

3. _____

4. _____

10 Devine!   Your friend Denis is telling you what he did on his vacation. Show your interest in what Denis is saying by asking an appropriate question.

Example: Je suis allé au parc. <u>Tu as fait une promenade?</u>

1. — Je suis allé au centre commercial.

   — _____

2. — Mes parents et moi, nous sommes allés à Montréal.

   — _____

3. — A Montréal, nous sommes allés dans beaucoup de restaurants.

   — _____

11 En réalité On Friday, Tranh's excited about his plans for the weekend, and he calls his best friend to tell him what he's going to do. However, things don't work out as Tranh planned. On Monday, he calls back to tell what he really did. Imagine what Tranh says on Friday and then on Monday.

Vendredi

Example: Je vais faire du roller!

Lundi

J'ai rangé ma chambre.

1. _____   _____

_____   _____

2. _____   _____

_____   _____

3. _____   _____

_____   _____

4. _____   _____

_____   _____

12 Un dimanche nul! Imagine a conversation in which you call your friend Rachid to ask him how his Sunday was. Rachid had a very bad day where everything went wrong, and he tells you all about what happened.

_____

_____

_____

_____

_____

_____

_____

_____

_____

_____

_____

■ DEUXIEME ETAPE

13 Allô? You're working in the customer service department of a French company. Categorize these snippets of conversations according to whether they correspond to people making a telephone call or answering a call.

> Je peux parler à Madame Morel?
>
> Vous pouvez rappeler plus tard?
>
> Ne quittez pas.
>
> Je suis bien chez les Gérond?
>
> Je peux laisser un message?
>
> Une seconde, s'il vous plaît.
>
> Est-ce que Monsieur Imhoff est là?
>
> Qui est à l'appareil?

Making a Call	Answering a Call
_____	_____
_____	_____
_____	_____
_____	_____

14 Coupable ou non coupable? You're a police officer. You've wiretapped the phones of two suspects and you're listening to their conversation. Unfortunately, the connection is bad and you can't hear everything they say. Complete their conversation.

— _____? Je suis _____ chez Monsieur Lecorbeau?

— Oui. Qui est à _____?

— C'est Madame Lamalice. Est-ce que Monsieur Lecorbeau _____ _____?

— Euh... une _____, s'il vous plaît... Non, il n'est pas là. Vous

pouvez _____ plus _____?

— Euh... bien, est-ce que je peux _____ un message?

— Oui, bien sûr.

— Vous _____ lui dire que j'ai trouvé le sac mystérieux?

— Le sac mystérieux... D'accord, madame.

— Merci. Au revoir.

102 Practice and Activity Book

Allez, viens! Level 1, Chapter 9

CHAPITRE 9 Deuxième étape

HRW material copyrighted under notice appearing earlier in this work.

15 Chacun à son poste!   Your pen pal is meeting you in town, but you don't remember exactly where you agreed to meet. Your friends are going to wait at various places in case your pen pal shows up there. Tell where they're waiting, using the verb **attendre.**

1. Pierre _____ devant le cinéma.

2. Annick et moi, nous _____ au café.

3. Toi, Lucas, tu _____ chez Philippe.

4. Vous deux, vous _____ au restaurant.

5. Agnès et Prisca _____ devant le lycée.

16 Toutes les réponses   Complète les phrases suivantes avec les formes correctes du verbe **répondre.**

1. Moi, je _____ toujours au téléphone chez moi.

2. Philippe _____ souvent au professeur.

3. Magali et moi, nous _____ à toutes les questions.

4. Joël et Séka, est-ce que vous _____ souvent en classe?

5. Et toi, Nadine, tu _____ à ton correspondant américain?

6. Mes amis aussi _____ à leurs correspondants.

17 Un coup de téléphone   You call your friend Isabelle, but she's not home. Her mother, Madame Dulac, answers the phone. Imagine your conversation with Madame Dulac.

_____

_____

_____

_____

_____

_____

_____

_____

_____

_____

_____

CHAPITRE 9 Deuxième étape

■ TROISIEME ETAPE

18 Qu'est-ce que tu en penses? Your friend Fanette phones you for advice. Write three possible things she might say to tell you she needs to talk to you.

19 Un petit problème You had an argument with your parents, and you'd like to discuss it with your friends. Check **oui** if they can take the time to talk about it, and **non**, if they can't.

		oui	non
CLAIRE	Désolée, je suis occupée.	_____	_____
JULIEN	Je n'ai pas le temps.	_____	_____
REMI	Je t'écoute.	_____	_____
THUY	Qu'est-ce que je peux faire?	_____	_____
PATRICIA	Euh… Pas maintenant.	_____	_____

20 Loin des yeux… You've moved recently, and you miss all your friends and relatives. Your mother tells you to call them. Write what she says, using **lui** or **leur.**

Example: Je veux parler à Sabine. <u>Téléphone-lui!</u>

1. Je veux parler à Oncle Paul. _____

2. Je veux parler à Pascale et Marie. _____

3. Je veux parler à Tante Yvonne. _____

4. Je veux parler à mes amis. _____

5. Je veux parler à mon grand-père. _____

Allez, viens! Level 1, Chapter 9

21 Méli-mélo   Choose an appropriate completion for each sentence.

_____ 1. A ton avis,…

_____ 2. Tu devrais…

_____ 3. Oublie-…

_____ 4. Qu'est-ce que vous avez…

_____ 5. Ne t'en…

_____ 6. J'ai un…

_____ 7. Qu'est-ce que tu…

_____ 8. Je vous présente…

_____ 9. De quoi…

_____ 10. Tu peux aller…

a. comme sandwiches?

b. faire les courses?

c. qu'est-ce que je fais?

d. est-ce que tu as besoin?

e. petit problème.

f. leur parler.

g. la!

h. me conseilles?

i. fais pas!

j. ma cousine Elise.

22 Un conseil   Tes amis ont des problèmes. Donne-leur des conseils.

étudier   manger   apporter   travailler   parler

acheter   oublier   rater   téléphoner

Exemple : J'aime beaucoup ce sac. <u>Pourquoi tu n'achètes pas ce sac?</u>

1. Je n'ai pas d'argent.

_____

2. Je vais rater mon examen de sciences nat.

_____

3. J'aime beaucoup ma grand-mère.

_____

4. J'ai très faim.

_____

5. Mon copain n'est pas gentil avec moi.

_____

6. Je ne sais pas quoi apporter à la boum de Thuy.

_____

CHAPITRE 9   Troisième étape

23 Entre nous   Martine et Amenan parlent au café. Complète leur conversation.

| raté | écoute | qu'est-ce qui s'est passé? | n'ai pas lu | chocolat |
| ne sont pas | oublié | peux | bon | limonade | ne t'en fais pas! | oublie |

AMENAN   Je _____ te parler?

MARTINE   Oui. Je t' _____ .

AMENAN   J'ai _____ mon examen de maths.

MARTINE   Mais, Amenan! _____ Tu es très

_____ en maths en général!

AMENAN   J'ai _____ mon livre au lycée et je _____ ma

leçon pour l'examen. Mes parents _____ contents. Ils sont même

furieux.

MARTINE   _____ La prochaine fois, tu vas réussir, j'en suis sûre. Allez!

_____ l'examen de maths. Qu'est-ce que tu prends?

AMENAN   Euh… une _____ .

MARTINE   Et moi, un _____ .

24 Hervé   Your friend Hervé is having problems with his girlfriend and calls you for advice. Imagine your conversation.

_____

_____

_____

_____

_____

_____

_____

_____

_____

_____

_____

 **LISONS!**

25 Le courrier de Fabrice   Fabrice is a journalist who advises young people in the magazine *Salut, les Jeunes.* Read the letters he received and his answers.

«Mon frère, ce tyran»

«Cher Fabrice,
J'ai quinze ans et mon grand frère en a dix-sept. Il veut toujours décider de tout. Quand nous sortons avec des copains, il me traite comme un bébé et je n'aime pas du tout ça. Quand j'essaie de parler à mes parents de mes problèmes avec mon frère, ils sont indifférents. Maman travaille beaucoup et elle n'a pas le temps de m'écouter et papa ne répond pas quand je lui parle de mon frère. Qu'est-ce que tu me conseilles?»
Claudine, **Poitiers**

«Chère Claudine,
Ton petit problème a sûrement une solution. Ton frère veut impressionner ses copains. Il te traite comme une petite fille. Tu devrais lui parler et lui prouver que tu n'es pas une petite fille. N'oublie pas que si tu veux, tu peux t'imposer. Si tu le veux vraiment, il va commencer à te respecter, et ça va aller mieux. Courage!»

«A bas les traditions!»

«Cher Fabrice,
J'aime beaucoup mes grands-parents. Ils sont super sympa. Quand je vais les voir à Québec, ils me traitent avec beaucoup d'attention. Ma grand-mère fait de délicieux gâteaux au chocolat et mon grand-père me montre ses vieux trésors. Le seul problème, c'est qu'ils ont des idées très tradition-nelles sur l'éducation. Quand je vais les voir, il me faut être très polie, ranger ma chambre tous les jours, débarrasser la table, faire des devoirs de vacances (!) et surtout, je ne peux jamais sortir le soir. Je ne suis plus une petite fille (j'ai quinze ans) et j'ai besoin de liberté! A ton avis, qu'est-ce que je fais?»
Marie, **Montréal**

«Chère Marie,
Tes grands-parents sont âgés. Ils ont oublié que les jeunes ont besoin de liberté. Ils t'aiment et ils veulent te protéger. C'est naturel. Patience! Tu es jeune. Dans un ou deux ans, je suis sûr qu'ils vont changer d'attitude. Tout vient à qui sait attendre!»

1. Do the following statements refer to Claudine or Marie?   **Claudine**   **Marie**

   Her grandparents don't live in her town.   _____   _____

   She has to do homework on her vacation.   _____   _____

   She wants more freedom.   _____   _____

   Fabrice tells her to talk to her brother.   _____   _____

   She can't go out at night.   _____   _____

   Her brother is two years older than she is.   _____   _____

2. Why can't Claudine's mother help her solve her problem?

   _____

3. What do you think the expression **"Tout vient à qui sait attendre"** means?

   _____

4. What would you advise Claudine to do?

   _____

   _____

CHAPITRE 9 LISONS!

26 Le téléphone public

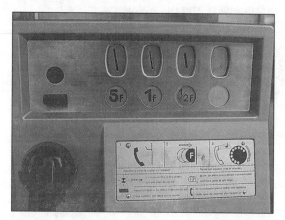

1. Based on what you've learned, is this kind of public phone much in use in France today? Why or why not?

_____

_____

_____

2. What are the advantages of using the **télécarte?**

_____

_____

27 Un appel longue distance

Les Pays
Australie. 61
Canada. 1
Espagne. 34
Etats-Unis 1
France 33
Mexique. 52

Pour téléphoner des Etats-Unis :

décrochez · tonalité · 011 · indicatif du pays · numéro demandé

Pour téléphoner de la France :

décrochez · tonalité · 00 · indicatif du pays · numéro demandé

Hôtel Jules César

Boulevard des Lices

04.90.93.43.20

Arles

1. If you called from the United States, what would you dial to contact Paul who is staying at this hotel?

_____

2. What would Paul dial to reach you in the United States if your number was (912) 555-7522?

_____

Allez, viens! Level 1, Chapter 9

CHAPITRE

Dans un magasin de vêtements

■ MISE EN TRAIN

1 **Le shopping** Martine is trying to decide what to buy for a special occasion. What does she say in each of the situations below? Circle the letter of your choice.

1. **a.** Ce n'est pas tellement mon style.
   b. Oui, je cherche une jupe.
   c. Non, merci. Je regarde.

2. **a.** J'ai quarante francs.
   b. Je fais du cinquante.
   c. Je fais du quarante.

3. **a.** Vous avez des tee-shirts?
   b. C'est combien, les pantalons?
   c. Comment la trouvez-vous?

4. **a.** Vous l'avez en vert?
   b. C'est combien, l'ensemble?
   c. Qu'est-ce que vous faites comme taille?

■ PREMIERE ETAPE

2 Une colonie de vacances   You're packing for a week's stay at a camp in the mountains. You've been told to expect warm, sunny days (around 25°C) and cool evenings (around 17°C). Place a check next to the items you're likely to need.

_____ un jean   _____ une cravate

_____ des bottes de neige   _____ un manteau

_____ un sweat-shirt   _____ une casquette

_____ une robe   _____ un maillot de bain

_____ des baskets   _____ des chaussettes

_____ une veste   _____ un blouson

_____ des lunettes de soleil   _____ un chemisier

3 Qu'est-ce qu'ils portent?   Choisis des vêtements et des accessoires appropriés pour les trois personnes suivantes.

un chemisier   une ceinture   une chemise   un pantalon   des chaussures   une cravate
un tee-shirt   des lunettes de soleil   des chaussettes
des sandales   un bracelet
un short   une jupe   une veste   un maillot de bain

Un serveur au café   Une vendeuse dans un magasin   Un enfant à la plage

_____   _____   _____

_____   _____   _____

_____   _____   _____

_____   _____   _____

_____   _____   _____

4 Ah, ces jeunes!   Styles change. Your grandparents are surprised by some of the things they see you wearing. List four things that are worn today by both boys and girls.

_____   _____

_____   _____

5 Un portrait-robot You're a police artist on duty and you're asked to make a sketch of a suspect as a witness describes him. Color your sketch.

C'est un homme grand, mince et brun. Il porte des lunettes de soleil, une chemise bleue et blanche, un jean noir et un blouson vert. Il a une chaussette jaune et une rouge, et il porte des sandales noires. Il porte aussi une écharpe rose et une casquette bleue.

6 Une fête Céline and her friends Pauline and Blondine are trying to decide what to wear to a party. Complete their conversation, using the correct forms of the verb **mettre.**

CELINE Qu'est-ce que tout le monde va porter samedi soir? Voyons... D'habitude,

Catherine _____ une jupe et un pull large.

BLONDINE Oui, et Aurélie et Valérie _____ toujours des robes.

CELINE Toi, Blondine, en général, tu _____ un pantalon et un tee-shirt, non?

BLONDINE Oui, mais cette fois-ci, je _____ une jupe et un chemisier.

CELINE Pauline, ta sœur et toi, vous _____ des jeans?

PAULINE Non, nous _____ des robes, cette fois-ci.

CELINE Bon. Alors moi aussi, je vais _____ une robe.

7 Sur la piste... You're a private eye hired by a French fashion house to follow a person suspected of stealing their designs. Write a report telling what clothes and accessories the person wore on these days. Use the verbs **mettre** and **porter** in your report.

1. Lundi, _____

_____

2. Mercredi, _____

_____

8 Le premier jour de classe Brigitte is nervous about her first day at a new school. Write the conversation she's having with her mother, in a logical order.

> Peut-être... Mais, qu'est-ce que je mets avec ma jupe?/Mets
> ton jean! /Non, j'ai une idée! Allons au centre commercial.
> Tu peux m'acheter quelque chose de nouveau!/ Non! Un jean,
> c'est trop banal!/Ton chemisier blanc./Je ne sais pas quoi mettre./
> Pourquoi est-ce que tu ne mets pas ta jupe marron?

— Je ne sais pas quoi mettre.

_____

_____

_____

_____

_____

_____

9 Dis-moi... Help Florence decide what she should wear on different occasions this week by choosing items from the pictures below. Use the correct possessive adjectives and add the colors of your choice for each item you advise Florence to wear. Vary the ways you give advice.

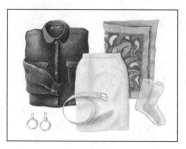 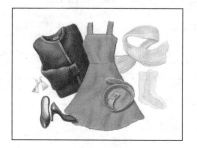 

1. Qu'est-ce que je mets pour aller au théâtre vendredi soir?

   Mets ta jupe grise, _____

   _____

2. Et pour aller à la boum de Raphaël samedi?

   _____

   _____

3. Et pour aller au lycée lundi, qu'est-ce que tu me conseilles?

   _____

   _____

■ DEUXIEME ETAPE

10 **Qui parle?**   You're at a department store, waiting as your friend tries on some clothes. You overhear people talking around you. Tell whether it's the salesperson or the customer talking.

> Je peux l'essayer?   Ça fait combien?   Vous avez des casquettes?
>
> Est-ce que je peux vous aider?   Vous désirez?   Vous avez ça en taille 32?

SALESPERSON	CUSTOMER
_____	_____
_____	_____
_____	_____
_____	_____

11 **Vive le shopping!**   At **Galeries Farfouillette,** you're looking for a black leather jacket and a green scarf. First, you just want to look around, then you ask for the salesperson's help. Complete the conversation you have with the salesperson.

LE VENDEUR	Bonjour. Je peux vous aider?
TOI	Non, merci. _____ .
LE VENDEUR	Très bien.
	Plus tard (later)…
TOI	Euh… Je cherche _____ en _____ noir.
LE VENDEUR	Qu'est-ce que vous faites comme taille?
TOI	40. Et… j'aimerais aussi _____ pour aller avec _____ .
LE VENDEUR	Vous voulez la bleue, la rouge ou la verte?
TOI	Euh… je voudrais _____ , s'il vous plaît.
LE VENDEUR	Voilà. Ça vous va très bien.
TOI	_____ combien?
LE VENDEUR	Alors… Le blouson, 500 F et l'écharpe, 120 F. Ça vous fait 620 F en tout.
TOI	Voilà. _____ , monsieur. Au revoir.
LE VENDEUR	Au revoir.

12 Des goûts et des couleurs   You and your friend Sandra are shopping. You like the same items, but not the same colors. Complete your part of the conversation.

Example: J'aime bien la cravate marron. (vert)
<u>Moi, j'aime mieux la verte.</u>

SANDRA   J'aime bien l'écharpe violette. (bleu)

TOI   _____

SANDRA   J'aime bien les chemises blanches. (vert)

TOI   _____

SANDRA   J'adore les pantalons noirs! (marron)

TOI   _____

SANDRA   J'aime le chemisier rose. (gris)

TOI   _____

SANDRA   J'aime bien la casquette rouge. (jaune)

TOI   _____

13 Une boutique de vêtements   Mathieu veut acheter des vêtements. Imagine sa conversation avec la vendeuse *(the saleswoman)*. Utilise les mots et les expressions proposés.

J'aimerais   pantalon   180 F   pour aller avec   le bleu   coton   Je peux l'essayer?   pull

_____
_____
_____
_____
_____
_____
_____
_____
_____
_____
_____

14 C'est gratuit   Aline and her friends get to pick out a free item at the grand opening of a new clothing store. Using the verb **choisir,** tell or ask what everyone chooses, based on the pictures.

1. Bonfils _____ _____ .

2. Cécile et Annick _____ _____ .

3. Chloé et moi, nous _____ _____ .

4. Oh, non! Après tout, je _____ _____ .

5. Et vous? Est-ce que vous _____ _____ ?

15 Combien ils pèsent?   Tu travailles dans un club sportif. Qui a grossi et qui a maigri entre janvier et août?

	En janvier	En août
Anne	55 kg	50 kg
Patrice	80 kg	74 kg
Nicolas	85 kg	90 kg
Latifa	60 kg	62 kg
Philippe	90 kg	88 kg
Thuy	48 kg	55 kg

Exemple : Philippe <u>a maigri.</u>

1. Patrice et Philippe _____ .

2. Thuy _____ .

3. Nicolas _____ .

4. Latifa et Thuy _____ .

5. Anne _____ .

16 Des nouvelles!   Serge and Christian meet at the gym after a long time, and are getting caught up on news about some of their mutual friends. Complete their conversation logically with the correct form of **choisir, grossir,** or **maigrir.**

SERGE   Salut, Christian! Dis donc, tu _____ !

CHRISTIAN   Oui, je suis mince, non? Et Gilles, au fait, il va bien?

SERGE   Oui, ça va. Mais, il _____ . Il pèse 80 kg.

CHRISTIAN   Moi aussi, je _____ quand je mange beaucoup. Alors, tu fais de la gym depuis longtemps?

SERGE   Oui, j'hésitais entre le hockey et l'aérobic, mais finalement, j(e)

_____ l'aérobic.

TROISIEME ETAPE

17 Des goûts opposés Marion porte un ensemble parfait pour la rentrée! Toi, tu aimes bien son ensemble mais sa mère ne l'aime pas. Qu'est-ce que vous dites à Marion?

Il est trop serré.   Je le trouve démodé.   Il est horrible!   Il est très à la mode.

Je le trouve moche.   C'est tout à fait ton style.

Il est mignon,   Il est parfait!   Il te va bien.   Je ne l'aime pas.

La mère de Marion

Toi

_____   _____
_____   _____
_____   _____
_____   _____

18 Les copains At a party you meet Léa. She's new in town and she doesn't know anyone yet. Point out your friends Frank and Marie and describe what they're wearing to her. Remember to place adjectives correctly and make them agree with the nouns they describe.

Frank

_____
_____
_____
_____
_____

_____
_____
_____
_____

Marie

Allez, viens! Level 1, Chapter 10

19 Il me faut... You're trying to convince your parents that you need some new clothes. Tell them what's wrong with what you have. Be as specific as possible.

Example: <u>Mon pantalon noir et rouge est trop serré. Il est nul.</u>

_____
_____
_____
_____
_____
_____

20 Des compliments Batiste is a new student in your class. To strike up a conversation, you compliment him on what he's wearing. Compliment each article of clothing in a different way.

_____
_____
_____
_____
_____
_____
_____
_____

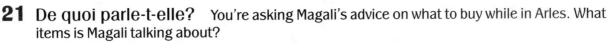

21 De quoi parle-t-elle? You're asking Magali's advice on what to buy while in Arles. What items is Magali talking about?

1. — J'aime le chemisier et la jupe. Et toi, Magali?

   — Je **la** trouve jolie aussi.   _____

2. — Qu'est-ce que tu préfères, le chapeau ou l'écharpe?

   — Je **le** trouve démodé.   _____

3. — Tu aimes mieux ce bracelet ou ces boucles d'oreilles?

   — Je **les** trouve mignonnes.   _____

4. — Qu'est-ce que je prends, ce chemisier ou ces chaussettes?

   — Je **l'**aime beaucoup.   _____

5. — J'adore ce blouson et cette ceinture.

   — Alors, prends-**le**!   _____

22 Des conseils d'ami

Julien wants some advice on what clothes to buy. Answer his questions, telling him what you honestly think of the items he shows you and whether or not he should buy them. Use **le, la,** or **les,** and the adjectives of your choice.

Example: Tu aimes cette veste? <u>Oui, elle me plaît. Prends-la!</u>

1. Et ces chaussures?

_____

2. Et cette casquette?

_____

3. Et ce pantalon?

_____

4. Et ces lunettes?

_____

5. Et ce pull?

_____

23 Une enquête

On a street in Arles, you're conducting a survey of what the French like to wear. It's very noisy, and you can't hear everything the people tell you. Complete their answers with **c', il, elle, ils,** or **elles.**

1. — Est-ce que vous aimez mettre des pantalons?

— Oui. _____ est pratique pour travailler.

2. — Est-ce que vous aimez la robe sur cette photo?

— Oui, _____ est mignonne.

3. — Comment est-ce que vous trouvez ces boucles d'oreilles?

— _____ sont nulles!

4. — Est-ce que vous aimez mettre des chaussettes avec vos sandales?

— Non. _____ est ridicule!

24 A la mode

To celebrate **Carnaval** in your French class, everyone must wear a ridiculous outfit. Write a description of your outfit for the fashion show commentator. Include colors, specific details, and complimentary statements.

_____

_____

_____

_____

_____

■ LISONS!

25 Les Galeries Farfouillette

Guide des Galeries Farfouillette

Sous-sol
Ustensiles de cuisine
Produits ménagers
Vaisselle
Electro-ménager
Matériel de bureau
Parking

Rez-de-chaussée
Service information
Boutique de souvenirs
Bagages et sacs
Papeterie
Disques, cassettes, CD
Livres
Parfums
Bijoux : bracelets, boucles
    d'oreilles, colliers
Lunettes de soleil

1er étage
Magasin pour hommes :
    Chaussures, pantalons,
    chemises, vestes,
    chaussettes, cravates,
    sous-vêtements
Club jeunes :
    Jupes, jeans, blousons
Club été :
    Maillots de bain, shorts,
    sandales, tee-shirts

2ème étage
Magasin pour femmes :
    Lingerie, robes, jupes,
    chemisiers, pantalons
Salon de coiffure

3ème étage
Magasin pour enfants
Chaussures dames
Vêtements d'hiver :
    Manteaux, écharpes,
    bottes, blousons cuir

4ème étage
Vêtements de sport
Equipement audio-visuel :
    Radios, télévisions,
    chaînes stéréo, caméras,
    appareils-photo, magnéto-
    scopes
Tapis, luminaires, mobilier
Linge de maison

5ème étage
Banque-change
Restaurant
Cafétéria
Terrasse
Galerie d'art

a. 1. What kind of store is **Galeries Farfouillette?**

_____

_____

2. What do you think the **sous-sol** is?

_____

_____

3. What could you buy for your little sister or brother in the **Galeries?**

_____

_____

_____

4. How different is the **Galeries Farfouillette** from equivalent American stores?

_____

_____

_____

b. Your friends don't understand the way floors are numbered in France, but you know that **rez-de-chaussée** means "ground floor." Tell your friends on which floor they'll find what they want to buy, according to the American system.

			Floor				Floor
1.	Jennifer wants:	a winter coat	<u>4th</u>	3.	Bob needs:	pants	_____
		a blouse	_____			French money	_____
2.	Jason wants:	CDs	_____			a haircut	_____
		a swimsuit	_____			a tie	_____
		sunglasses	_____	4.	Cathy wants:	shoes	_____
		a winter scarf	_____			earrings	_____

And you all want something to eat after shopping! _____

Nom_____ Classe_____ Date_____

■ PANORAMA CULTUREL

26 Les tailles françaises   You're spending the summer in France. Your mother sent you a list of clothing to buy for your family and their sizes. Before you start to shop, rewrite the list in French. Use the table to convert American sizes to French sizes.

TABLE DE COMPARAISON DE TAILLES

Robes, chemisiers et pantalons femmes.

France	34	36	38	40	42	44
USA	3	5	7	9	11	13

Chaussures femmes.

France	36	37	38	38½	39	40
USA	5-5½	6-6½	7-7½	8	8½	9

Tricots, pull-overs, pantalons hommes.

France	36	38	40	42	44	46
USA	26	28	30	32	34	36

Chemises hommes.

France	36	37	38	39	40	41
USA	14	14½	15	15½	16	16½

Chaussures hommes.

France	39	40	41	42	43	44
USA	6½-7	7½	8	8½	9-9½	10-10½

Example: Your mother wants a white blouse, size 11. <u>un chemisier blanc en 42.</u>

1. Your grandmother wants a blue dress, size 13.

_____

2. Your aunt wants gray pants, size 7.

_____

3. Your father wants a green shirt, size 15½.

_____

4. Your sister wants brown leather sandals, size 6.

_____

5. Your brother wants black shoes, size 10.

_____

27 Les stéréotypes

a. What clothing do you associate with the French? Why?

_____

_____

_____

b. In your opinion, are there differences between the way French and American teenagers dress? Support your opinion with details.

_____

_____

_____

Nom _____ Classe _____ Date _____

■ MISE EN TRAIN

1 Un sondage   Answer this poll about your ideal vacation. In questions 1, 2, and 3, rate the choices from your favorite (1) to your least favorite (5). In questions 4 and 5, check the box(es) according to your personal experience.

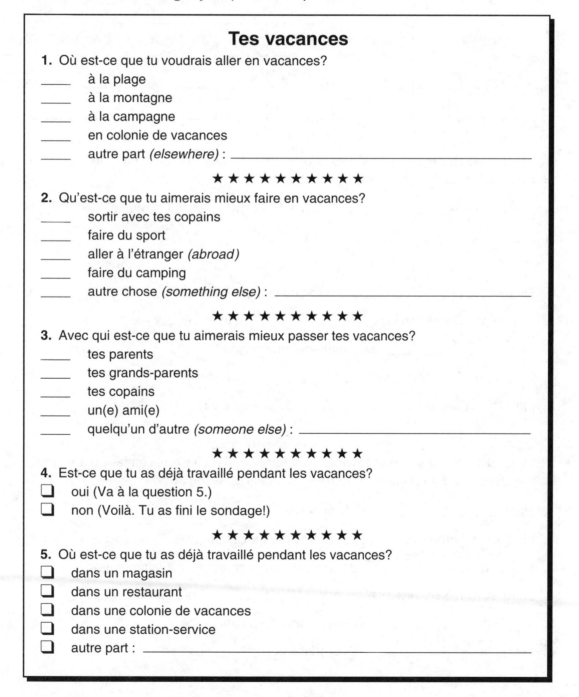

Tes vacances

1. Où est-ce que tu voudrais aller en vacances?

____   à la plage

____   à la montagne

____   à la campagne

____   en colonie de vacances

____   autre part (elsewhere) : _____

★ ★ ★ ★ ★ ★ ★ ★ ★ ★

2. Qu'est-ce que tu aimerais mieux faire en vacances?

____   sortir avec tes copains

____   faire du sport

____   aller à l'étranger (abroad)

____   faire du camping

____   autre chose (something else) : _____

★ ★ ★ ★ ★ ★ ★ ★ ★ ★

3. Avec qui est-ce que tu aimerais mieux passer tes vacances?

____   tes parents

____   tes grands-parents

____   tes copains

____   un(e) ami(e)

____   quelqu'un d'autre (someone else) : _____

★ ★ ★ ★ ★ ★ ★ ★ ★ ★

4. Est-ce que tu as déjà travaillé pendant les vacances?

❑   oui (Va à la question 5.)

❑   non (Voilà. Tu as fini le sondage!)

★ ★ ★ ★ ★ ★ ★ ★ ★ ★

5. Où est-ce que tu as déjà travaillé pendant les vacances?

❑   dans un magasin

❑   dans un restaurant

❑   dans une colonie de vacances

❑   dans une station-service

❑   autre part : _____

■ PREMIERE ETAPE

2 Où vont-ils? You've taken a survey for the school paper. Based on the results, make a chart of where the students might be going on their vacation.

Tranh va faire du camping.

Malika va jouer dans la neige.

Loïc va faire du ski.

Birhama va faire des promenades.

Magali va faire des pique-niques.

Marie va faire de la voile.

Marc va nager.

Philippe va faire des randonnées.

En forêt	A la montagne	A la campagne	Au bord de la mer

3 C'est difficile! You're tutoring someone who's having trouble in French class. Help your student by completing each sentence correctly.

1. Je suis allé(e) _____ colonie de vacances. C'était chouette!

2. Pauline est allée _____ campagne.

3. Mes parents veulent aller faire un pique-nique _____ forêt ce week-end.

4. Tu aimes aller _____ bord de la mer, Sébastien?

5. J'adore passer mes vacances _____ montagne, et toi?

6. On va _____ les grands-parents ce soir?

7. Je voudrais faire des photos _____ parc demain.

8. Mon oncle George adore aller _____ plage.

4 Les vacances Dis ce que tes amis vont faire pendant leurs vacances ou demande-leur ce qu'ils vont faire. Utilise les formes correctes du verbe **aller.**

1. Marc _____ faire de la voile.

2. Philippe et Antoine _____ faire du camping.

3. Paul et moi, nous _____ faire de la randonnée à la montagne.

4. Marie et Jean-Yves, est-ce que vous _____ faire de la plongée?

5. Moi, je _____ aller en colonie de vacances.

6. Pierre, tu _____ à la campagne, toi?

5 La curiosité At a party, you overhear these bits of conversation. Match each sentence on the left with a logical response and write the letter of your choice in the blank.

_____ 1. On va à la plage ou à la piscine?

_____ 2. Où va Michel?

_____ 3. Tu es occupé(e) ce week-end?

_____ 4. Tu devrais visiter les monuments.

_____ 5. Tu vas faire du camping?

_____ 6. On va au Louvre?

a. Oui, je vais aller à la campagne.

b. Non. Allons voir un autre musée.

c. J'hésite. J'aime les deux.

d. Non. Je n'ai rien de prévu.

e. J'ai bien envie de les voir.

f. Je n'en sais rien.

6 Qu'est-ce qu'on fait? Anne knows what she wants to do, but Ludovic doesn't. Decide whether Anne or Ludovic would make the comments below and write them in the appropriate speech bubble.

> J'hésite.   J'ai l'intention de...   J'ai envie de...   Je voudrais bien...   Je n'ai rien de prévu.   Je vais...
> Je ne sais pas.   Je n'en sais rien.

Anne

Ludovic

7 Sois la bienvenue! Tu es arrivé(e) en France et tout le monde t'invite à faire quelque chose. Accepte, refuse, ou hésite, mais réponds poliment.

1. Je voudrais bien aller au bord de la mer. Tu viens?

_____

2. J'ai envie d'aller au café. Tu as soif?

_____

3. Tu veux faire du bateau?

_____

4. Tu préfères faire de la voile ou faire de la plongée?

_____

8 A l'étranger Your friends have been accepted in student exchange programs. Guess where they're going to spend the summer, based on the languages they're studying.

en Côte d'Ivoire   en France

en Allemagne

au Mexique   au Québec

Example: Doug étudie le français. <u>Il va en France.</u>

1. Dianne étudie l'espagnol. _____

2. Paul étudie le français et le djoula. _____

3. David étudie l'allemand. _____

4. Anne étudie le français. _____

9 Un voyage à Paris Tu vas passer une semaine à Paris. Quand est-ce que tu y vas et qu'est-ce que tu as l'intention de faire là-bas? Ecris au moins trois phrases.

_____

_____

_____

_____

_____

_____

■ DEUXIEME ETAPE

10 **Tout pour un voyage** You're double-checking that you have everything you need for your trip to France. Match each item on the left with the reason you need it.

1. _____ Il me faut un passeport...
2. _____ Il me faut un appareil-photo...
3. _____ Il me faut une grande valise...
4. _____ Il me faut un billet...
5. _____ Il me faut un cadeau...
6. _____ Il me faut de l'argent...

a. pour prendre l'avion.
b. pour acheter des souvenirs.
c. pour prendre des photos.
d. pour ma famille française.
e. pour aller en France.
f. pour transporter mes vêtements.

11 **Un bagage à main** During the summer, you're traveling to the Mediterranean coast with your French family for the weekend. You're only going to take carry-on luggage. List a few essentials you'll need for your trip.

un short

_____   _____

_____   _____

_____

12 **Du calme!** Séka and his friends are chatting at Séka's house on Saturday afternoon. Complete their conversation, using the correct forms of the verbs **dormir**, **partir**, or **sortir**.

JULIE   Qu'est-ce que vous faites ce soir?

SEKA   Ce soir, je reste chez moi et je _____ ! Je suis très fatigué.

JULIE   Moi, je _____ avec Luc. On va à une boum.

LUCAS   Mmmh... Vous _____ beaucoup en ce moment, tous les deux...

SEKA   Dis donc, Lucas, quand est-ce que vous _____ en vacances, toi et tes parents?

LUCAS   Cette année, on ne _____ pas ensemble. Eux, ils _____

le 2 juillet et moi, je _____ le 6. CHOUETTE! SUPER! C'EST BIENTOT LES VACANCES!!!

SEKA   Chuuuut! Mes parents _____ ! Ils font la sieste. Tais-toi!

13 Une sœur attentive

a. Before your sister leaves for Europe, you want to make sure she remembered to pack everything she'll need. Remind her to take the objects pictured below. Write down what you'd say, using different expressions.

Example: <u>Tu as tes lunettes de soleil?</u>

1. _____
2. _____
3. _____
4. _____
5. _____
6. _____

b. How would your sister reassure you that she has everything, using three different expressions?

1. _____
2. _____
3. _____

c. Make a list of other items you'd suggest she take, including clothes, accessories, and anything else she'd need on a summer vacation. Tell why these things would be useful.

Example: <u>un portefeuille pour ton argent</u>

_____
_____
_____
_____

14 Le chaos! It's Friday morning and all the children in your French host family are telling their mother different things before they leave the house. How would your host mother respond?

> Bonne chance! Je n'en sais rien. Au revoir et bon voyage!
>
> Achète-lui un cadeau! Je n'ai rien de prévu. Amuse-toi bien!
>
> N'oublie pas tes devoirs! Pas question! Tu dois étudier.

1. Je sors avec mes copains après l'école. _____

2. Je pars pour Lyon à midi. _____

3. Je vais à l'école, maman. _____

4. Je peux dormir tard demain matin? _____

5. Maman, j'ai un examen ce matin! _____

6. Qu'est-ce que tu vas faire ce soir? _____

7. Où est mon appareil-photo? _____

8. Demain, c'est l'anniversire de Paul. _____

15 Bon voyage! Your friends and family are seeing you off at the airport. They're all talking at once. You can't catch every word, but you can probably guess what they're saying. See if you can fill in the missing words.

1. Tu n'as rien _____ ? 4. Bonnes _____ !

2. _____-toi bien! 5. _____ chance!

3. A _____ ! 6. Bon _____ !

16 Les adieux You're at the airport, ready to leave for a month in France. Write the dialogue that takes place between you and your parent, who is seeing you off.

_____

_____

_____

_____

_____

_____

_____

_____

■ TROISIEME ETAPE

17 Une conversation   Mets cette conversation en ordre.

_____ Bonne idée!

_____ Oui, très chouette. Samedi après-midi, je suis allée à la plage.

_____ Salut, Sophie. Tu as passé un bon week-end?

_____ J'ai fait de la planche à voile avec mes copines.

_____ Bon. Si tu veux, on peut en faire ensemble ce week-end.

_____ Ah, oui? Moi aussi, j'adore faire de la planche à voile.

_____ Qu'est-ce que tu as fait?

18 Des impressions différentes   C'est la rentrée et tu demandes à tes copains s'ils ont passé de bonnes vacances. Choisis les réponses qui correspondent à chaque photo.

C'était formidable.   Oui, ça a été.   Je me suis bien amusé(e).   Oui, super!

Oh, pas mal.   Comme ci, comme ça.

Non, pas vraiment.   C'était un véritable cauchemar.

Pas terrible.

19 Un documentaire You're watching a French documentary. A reporter is asking teenagers about their summer. Unfortunately, the sound is bad and you can't hear the questions he's asking. Guess what his questions are, based on the answers.

REPORTER — _____ ?

STEPHANE — Oui, c'était formidable.

REPORTER — _____ ?

STEPHANE — En Provence.

REPORTER — _____ ?

STEPHANE — J'ai pris des photos et j'ai visité Aix-en-Provence.

REPORTER — _____ ?

AURELIE — Oh, pas mal.

REPORTER — _____ ?

AURELIE — Non, c'était ennuyeux.

REPORTER — _____ ?

AURELIE — Bof... Rien de spécial.

20 C'était bien, tes vacances? You're writing the results of a poll you've taken among your classmates. You've asked them if they had a good vacation. Finish writing their answers by giving a reason why they did or didn't have a good time.

Example: Oui, très chouette. J'ai rencontré un nouveau copain.

1. C'était un véritable cauchemar. _____

2. C'était épouvantable. _____

3. Oh, pas mal. _____

4. C'était formidable! _____

5. Non, pas vraiment. _____

6. Oui, ça a été. _____

7. C'était ennuyeux. _____

8. Oh, pas mauvais. _____

9. Oui, super! _____

10. C'était nul. _____

21 Et toi? Est-ce que tu as fait ces activités pendant tes dernières *(last)* vacances? Si tu n'as pas fait une activité, dis ce que tu as fait à la place *(instead)*.

aller en Europe   faire de la voile   bien manger

visiter des musées   aller à la plage   prendre des photos

aller en forêt   regarder la télé   jouer au tennis   lire des livres

faire un pique-nique   faire du camping

Exemple : Je suis allé(e) en Europe.

ou Je ne suis pas allé(e) en Europe. Je suis allé(e) chez ma tante.

1. _____
2. _____
3. _____
4. _____
5. _____
6. _____
7. _____
8. _____
9. _____
10. _____
11. _____

22 Et ton week-end? Lundi matin, ton ami Julien et toi, vous discutez de votre week-end. Imagine votre conversation.

_____
_____
_____
_____
_____
_____
_____
_____
_____
_____

■ LISONS!

23 Vive la Provence! Read this ad and answer the questions in English.

Des vacances en Provence
Si vous voulez passer
des vacances inoubliables
sous le soleil provençal,

Le Club Provence
vous offre des vacances :
* <u>A la montagne</u>
dans les Alpes de Haute-Provence
* <u>Au bord de la mer</u>
entre Nice et Antibes
* <u>A la campagne</u>
dans l'arrière-pays niçois

Venez découvrir avec nous la splendeur du sud
de la France en toutes saisons
dans l'un de nos trois clubs.
De multiples sports sont à votre portée :
voile, planche à voile, plongée sous-marine,
ski nautique, mais aussi...
randonnées pédestres et à vélo,
équitation, ski de fond (en saison),
deltaplane.

Nous organisons également des excursions
journalières dans les sites
les plus remarquables de la région :
les Baux-de-Provence, la Cité des Papes,
les jardins fleuris de Grasse, le pont du Gard,...

Avec nous, vous pourrez aussi goûter aux meilleures spécialités
de la région dans des restaurants
mondialement réputés et assister à des
spectacles folkloriques en toutes saisons.

Bénéficiez d'une offre exceptionnelle :
2.500 F par semaine et par personne,
pension et repas compris!

Pour plus de détails,
Téléphonez-nous dès aujourd'hui au :
08.36.77.23.64
et demandez notre catalogue gratuit.

1. How can you get a free catalogue of the trips offered?

_____

_____

2. What settings does **Club Provence** offer for a vacation?

_____

_____

_____

3. What activities listed in the ad would you expect to do at the beach?

_____

_____

_____

4. How often do the excursions take place?

_____

5. If you decided to spend two weeks at **Club Provence**, how much would you expect to pay in dollars? Would meals be included?

_____

_____

_____

6. Which of the three settings offered by **Club Provence** would you choose for your vacation and why?

_____

_____

_____

_____

■ PANORAMA CULTUREL

24 Les colonies de vacances

1. If you were to attend a summer camp in France, what activities would you expect to do? Name at least three.

_____

_____

_____

2. Is this different from a summer camp in the United States? How?

_____

_____

_____

25 Une carte postale   Read this postcard from your French pen pal Liselotte.

Salut de Provence!

Toute la famille t'embrasse. Nous faisons du camping à Cagnes-sur-Mer pendant tout le mois d'août. C'est super chouette ici! Papa fait de la voile tous les jours et Maman a déjà lu dix livres! Elle adore lire. Et moi, j'adore les vacances! Encore deux semaines.

Ensuite, on rentre à Paris. Et en décembre, on va tous à La Clusaz faire du ski. C'est chouette d'avoir des parents sportifs!

A bientôt.

Liselotte

What does this postcard tell you about French vacations? How do they differ from American vacations?

_____

_____

_____

_____

_____

CHAPITRE **12** En ville

■ MISE EN TRAIN

1 On fait les commissions   Simone, Gisèle, Félix et Norbert vont faire des courses pour leurs parents. Lis les conversations qu'ils ont avec leurs parents et décide qui a écrit chaque liste.

1. SIMONE   Je vais en ville acheter un disque compact. Tu as besoin de quelque chose?
    MME DUVAL Oui. Achète des fruits et une baguette.
    SIMONE   C'est tout?
    MME DUVAL Ah, oui! Tu peux passer rendre mon livre aussi?
    SIMONE   Bon. D'accord.

> *Disquaire*
> *Bibliothèque*
> *Poste*
> *Boulangerie*

a. _____

2. M. HADJADJ Dis, Gisèle, avant de rentrer de l'école, tu peux passer prendre le dernier livre de James Michener?
    GISELE   OK.
    M. HADJADJ Ah, oui! N'oublie pas aussi d'acheter une baguette pour le dîner!... Et d'envoyer ce paquet à ta grand-mère... et puis, achète-moi le dernier CD de Céline Dion! et...
    GISELE   Bon, papa! Ça suffit! Je ne sais pas si je vais avoir le temps.

> *Marché*
> *Poste*
> *Disquaire*
> *Boulangerie*

b. _____

3. MME MONTEL Félix, si tu vas en ville, prends un kilo de tomates pour le déjeuner.
    FELIX   D'accord. Ah oui! J'ai aussi besoin d'envoyer un paquet à ma correspondante.
    MME MONTEL Oh! Et puis, si tu as le temps, achète deux baguettes.
    FELIX   Alors, deux baguettes et un kilo de tomates.

> *Marché*
> *Boulangerie*
> *Poste*

c. _____

4. MME KAHN   Mon petit Norbert... est-ce que tu vas en ville, par hasard?
    NORBERT   Oui, pourquoi?
    MME KAHN   Tu veux bien me mettre ce paquet à la poste et acheter du pain, une douzaine d'œufs et des bananes?
    NORBERT   Bon.
    M. KAHN   Et après, passe prendre le CD que j'ai commandé à «La Boîte à musique».
    NORBERT   Bon! Bon! Mais, c'est tout, alors!

> *Bibliothèque*
> *Marché*
> *Disquaire*
> *Boulangerie*

d. _____

CHAPITRE 12 Mise en train

■ PREMIERE ETAPE

2 Où vas-tu? You have a lot of errands to run. Where will you go to get each of the items on your list?

Example: un livre   à la librairie

1. un litre de lait   _____

2. un gâteau   _____

3. du papier   _____

4. des timbres   _____

5. du pain   _____

6. de l'aspirine   _____

7. une cassette   _____

3 Pourquoi tu y vas? You're curious. As your friends tell you where they're going, ask them what they're going to do there.

Example: — Je vais à la poste.

— Tu vas envoyer un paquet ou acheter des timbres?

1. — Je vais à la banque.

_____

2. — Je vais à la bibliothèque.

_____

3. — Je vais chez le disquaire.

_____

4. — Je vais à la pâtisserie.

_____

4 Des petits services Tes amis te disent où ils vont. Demande-leur de faire quelque chose pour toi à chaque endroit *(place)*. N'oublie pas d'être poli(e)!

Exemple : On va chez le disquaire. Achetez-moi un CD de jazz, s'il vous plaît.

1. On va à la banque. _____

2. On va à la poste. _____

3. On va à la boulangerie. _____

4. On va à la pharmacie. _____

5. On va à la bibliothèque. _____

5 Les devinettes Tu joues à un jeu avec tes camarades. Ils te disent ce qu'ils ont acheté et tu dois deviner *(guess)* où ils sont allés.

la poste   la bibliothèque   la pharmacie   la papeterie   la librairie   l'épicerie   la boulangerie   la banque

Exemple : — J'ai acheté des enveloppes.
— Tu es allé(e) à la papeterie!

1. — Moi, j'ai acheté des médicaments.

_____

2. — Moi, j'ai acheté du coca.

_____

3. — Moi, j'ai acheté un livre.

_____

4. — Moi, j'ai acheté des timbres.

_____

5. — Et moi, j'ai acheté du pain.

_____

6 Comment dit-on... ? You've just arrived in Martinique. You've forgotten how to say these words in French, but you've got to make yourself understood. Write what you might say for each word listed below.

Exemple: *the pharmacy* l'endroit où on peut acheter des médicaments

1. *the bookstore*

_____

2. *the bank*

_____

3. *the stadium*

_____

4. *the school cafeteria*

_____

5. *the swimming pool*

_____

6. *the park*

_____

CHAPITRE 12 Première étape

7 Comment est ta ville? Draw and label a map of your city or town, or an imaginary one. Show at least ten of the following places.

un cinéma	un centre commercial	une librairie
ton lycée	une pâtisserie	une banque
une pharmacie	ta maison/ton appartement	une poste
un parc	une épicerie	une bibliothèque
un stade	une piscine	un zoo

8 Où est-ce? You're taking your exchange student on a tour of your town. Point out the various places where he or she can go and tell something about each place. You might use the map you drew in Activity 7.

Example: <u>Là, c'est le zoo. Tu peux voir des animaux super.</u>

1. _____

   _____

2. _____

   _____

3. _____

   _____

4. _____

   _____

5. _____

   _____

6. _____

   _____

Allez, viens! Level 1, Chapter 12

■ DEUXIEME ETAPE

9 Tu peux m'aider? Didier has a lot of errands to do. According to where he has to go, would he be able to do these favors for you?

	oui	non

Je vais à l'épicerie, à la librairie, à la papeterie et à la boulangerie.

1. Tu peux rendre des livres pour moi? ___ ___
2. Est-ce que tu peux envoyer un paquet? ___ ___
3. Tu peux m'acheter un classeur? ___ ___
4. Tu pourrais m'acheter un CD? ___ ___
5. Tu peux choisir un tee-shirt pour Anne? ___ ___
6. Tu pourrais acheter une baguette? ___ ___

10 La politesse You're traveling in France with a group of students. Your friend Mary wants to be more polite when she asks people to do things for her. Suggest how she might rephrase her requests. Vary your suggestions.

1. Achète-moi des timbres. _____
_____

2. Rapporte-moi une tarte aux pommes. _____
_____

3. Rends ce livre à la bibliothèque. _____
_____

4. Envoie ce paquet. _____
_____

Je voudrais

Tu pourrais

Tu peux

11 Tout mais pas ça! You hate to shop for food, but you don't mind running other errands. Accept or refuse these requests. Be sure to vary your responses.

1. Tu peux passer à la boulangerie? _____
2. Tu pourrais m'acheter des timbres? _____
3. Tu peux acheter des gâteaux? _____
4. Tu peux rendre ces livres? _____
5. Tu pourrais m'acheter une cassette? _____
6. Tu peux passer à l'épicerie? _____

CHAPITRE 12 Deuxième étape

12 Un voyage Your French pen pal wants to know how he can go from New York to Dallas when he comes to the United States. Check the most logical forms of transportation.

_____ à vélo   _____ en taxi   _____ en avion

_____ à pied   _____ en métro   _____ en bus

_____ en voiture   _____ en train   _____ en bateau

13 On y va comment? You and Caroline are in Fort-de-France. You're discussing the best way to go from the **théâtre municipal** to the post office, which is about two miles away. For each suggestion she makes, choose the logical response.

1. On y va à pied?   _____ Quelle bonne idée!

2. On y va à vélo?   _____ Je n'ai pas de bicyclette.

3. On y va en taxi?   _____ Je n'ai pas mon permis de conduire.

4. On y va en voiture?   _____ C'est trop loin et il pleut.

5. On y va en bus?   _____ C'est trop cher.

14 Les moyens de transport Dis comment tu voyages si tu prends ces moyens de transport.

Exemple :   <u>en bateau</u>

1. _____

2. _____

3. _____

4. _____

5. _____

15 **Un prof curieux** Answer your teacher's questions about your activities and your classmates'. Use the pronoun **y** in your answers.

Example: — Est-ce que Peter va à la montagne? — Oui, il y va.
— Et Cathy, elle va à la plage? — Non, elle n'y va pas.

1. — Est-ce que Mark va chez des amis?

— Non, _____

2. — Et toi, tu vas souvent au parc?

— Oui, _____

3. — Est-ce qu'Ann et Paula passent les vacances à la campagne?

— Non, _____

4. — Jennifer va à la piscine le mardi et le jeudi, non?

— Oui, _____

16 **Qu'est-ce qu'on y fait?** Dis ce qu'on fait dans ces différents endroits. Utilise **y** dans tes réponses.

Exemple : Au stade : On y joue au football.

1. En forêt : _____
2. Au bord de la mer : _____
3. Au restaurant : _____
4. A la campagne : _____
5. A la montagne : _____
6. Au café : _____

17 **Pour un visiteur** You're writing to Félix before he comes to visit you. Tell him where you're planning to go together, how you can get there, and what you can do there.

_____
_____
_____
_____
_____
_____
_____
_____

CHAPITRE 12 Deuxième étape

■ TROISIÈME ÉTAPE

18 **Les magasins**   Your French host mother left a note for you asking you to run some errands. She knows you're not familiar with the town, so she wrote down the location of each store. Read her directions and label each storefront appropriately.

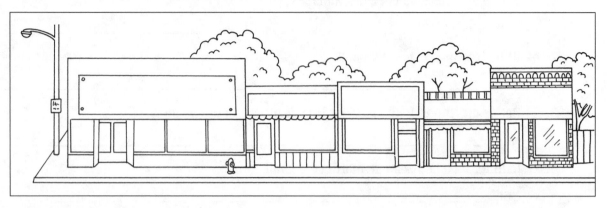

1. La crémerie est entre la poste et l'épicerie.
2. La pâtisserie est à droite de la banque.
3. L'épicerie est à gauche de la banque.
4. La poste est au coin de la rue.

19 **Qui c'est?**   Your substitute teacher today is having trouble reading the seating chart correctly. Tell her where five of your classmates sit. Use a different preposition in each sentence.

Example: Karim est devant Julie.

1. _____

2. _____

3. _____

4. _____

5. _____

20 **Dans ma ville**   Explique à Jean-Pierre où sont ces différents endroits dans ta ville. Utilise chaque préposition une seule fois.

entre   à droite de   en face de   près de   loin de   à côté de   à gauche de   derrière

1. Le cinéma est _____

2. L'épicerie est _____

3. La pharmacie est _____

4. Le parc est _____

5. Mon lycée est _____

21 **Le centre-ville** Ton amie Awa t'explique où sont les différents endroits *(places)* où aller dans sa ville. Regarde la carte et complète chaque phrase d'Awa avec **du** ou **de la** et le nom de l'endroit.

1. Le marché est loin _____

2. Le cinéma est à côté _____

3. La banque est en face _____

4. La banque est à droite _____

5. La papeterie est près _____

6. La boulangerie est à gauche _____

22 **Un(e) touriste perdu(e)** How would you ask these people for directions to the places mentioned? Vary the ways you ask for directions.

1. (le musée départemental)

_____

_____

_____

2. (la cathédrale Saint-Louis)

_____

_____

_____

CHAPITRE 12 Troisième étape

23 C'est très simple...   Imagine you're a hotel clerk in Fort-de-France. Tell the guests how to get to the places they want to visit from your hotel, which is circled on the map.

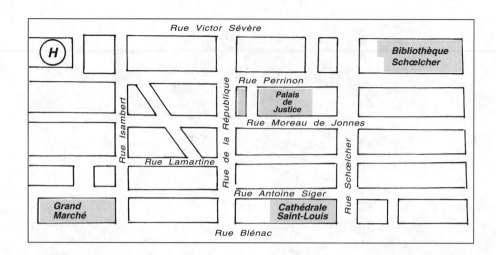

1. Pour aller à la cathédrale Saint-Louis, _____

_____

_____

_____

2. Pour aller au Grand Marché, _____

_____

_____

_____

24 La chasse au trésor   You're planning a treasure hunt for your friends. Choose a place in your town where you've hidden the "treasure" and write a set of challenging directions from an established starting point. See if your friends can find **le trésor** by following your directions.

_____

_____

_____

_____

_____

_____

_____

_____

_____

■ LISONS!

25 La musique antillaise   Read the following article and answer the questions below.

UNE SALADE DE FRUITS MUSICALE

La France métropolitaine a découvert la musique des Antilles (biguine, rumba, compas, reggae, et autres) il y a déjà cinquante ans ou plus. Mais c'est seulement à partir des années 80 que ces rythmes ensoleillés ont atteint un très large public en métropole. Maintenant, de multiples accents et cadences des Caraïbes se mêlent sur toutes les radios françaises. Et pour notre plus grand plaisir!

Le zouk, par exemple, est très à la mode depuis les années 80. Il est devenu célèbre sur le continent grâce au groupe martiniquais Kassav'. D'autres influences musicales venues des îles prennent petit à petit la place du zouk dans le cœur des Français. Par exemple, on parle beaucoup de Pee Thova Obas d'Haïti qui combine avec succès le compas et la bossa nova. D'autres musiciens utilisent la salsa et les rythmes d'Amérique latine combinés avec leur propre modernité. Les jeunes Français aiment aussi beaucoup le raggamuffin, descendant direct du reggae. La Martinique et la Guade-

loupe nous offrent elles-mêmes leurs beaux mélanges de tradition et de modernité avec des groupes comme Akiyo et Tambou Kannal.

En France comme dans beaucoup d'autres pays occidentaux, la musique antillaise est de plus en plus appréciée. On l'aime dans son état pur, on l'aime servie «en salade variée» de rythmes combinés. Elle influence aussi la musique métropolitaine. Une chose est sûre : les rythmes antillais sont bien vivants dans le cœur des Français.

---

a. This article mentions several types of music, various places, and specific musicians. Write each of the following in the appropriate category.

Akiyo   Antilles   Martinique   raggamuffin   Pee Thova Obas   zouk

Kassav'   biguine   salsa   Tambou Kannal   Caraïbes

compas   métropole   Guadeloupe

MUSIC	PLACES	MUSICIANS
_____	_____	_____
_____	_____	_____
_____	_____	_____
_____	_____	_____
_____	_____	_____

b. You may not have understood every word, but did you get the main ideas? Choose the sentence that summarizes the main idea in the paragraphs that begin with . . .

1. «La France métropolitaine... »
   a. The music from the West Indies is very popular in modern France.
   b. Music from all over the world has been popular in France for fifty years.
   c. There is a French radio station specializing in music from the West Indies.

2. «Le zouk, par exemple,... »
   a. Zouk is the only popular West Indian music in France today.
   b. Today, the French enjoy combinations of various musical influences.
   c. A Latin-American group named Kassav' is starting to gain popularity in France.

■ PANORAMA CULTUREL

26 Un article The editor of your high school newspaper has asked you to write an article in English about your trip to Martinique. In your article, include the following information:

— where Martinique is and what it's like there,
— why people speak French in Martinique,
— why you chose to go to Martinique,
— what you did there,
— what people are like there.

_____

_____

_____

_____

_____

_____

_____

_____

_____

27 Pas comme chez nous You're visiting your pen pal Sophie in Fort-de-France and you notice that some things are different than they are at home. Can you explain why?

1. Sophie's parents won't let you drive the family car alone although you're sixteen years old!

_____

_____

2. Around 2:00 P.M., you're hungry, and you decide to go buy something at the **épicerie**. Sophie says you can't.

_____

_____

3. Your French host family wants to take you for a tour of the **centre-ville**, but they warn you that you'll have to walk a lot.

_____

_____

■ MON JOURNAL

Describe an ideal friend, telling what he or she likes or dislikes. Include his or her age and favorite foods, and list some activities he or she likes to do.

■ MON JOURNAL

Write about your favorite and least favorite classes at school. Tell at what times you have them and your opinion of them.

_____

_____

_____

_____

_____

_____

_____

_____

_____

_____

_____

_____

_____

_____

_____

_____

_____

_____

_____

_____

_____

_____

_____

_____

_____

_____

_____

_____

_____

_____

_____

■ MON JOURNAL

Next Monday is the first day of school. This weekend, you're going shopping. Write about what you already have and what you still need for school. You might want to include some other things you're thinking of buying for yourself.

_____

_____

_____

_____

_____

_____

_____

_____

_____

_____

_____

_____

_____

_____

_____

_____

_____

_____

_____

_____

_____

_____

_____

_____

_____

_____

CHAPITRE 3 Mon journal

Nom_____ Classe_____ Date_____

■ MON JOURNAL

Tell why you like a certain season. Write about the activities and weather you enjoy during that season. You might also mention something you don't do during that season.

_____

_____

_____

_____

_____

_____

_____

_____

_____

_____

_____

_____

_____

_____

_____

_____

_____

_____

_____

_____

_____

_____

_____

_____

_____

_____

_____

_____

_____

_____

_____

_____

_____

■ MON JOURNAL

Describe your favorite restaurant. Talk about the kind of food served and the quality of the food. Mention prices, too.

_____
_____
_____
_____
_____
_____
_____
_____
_____
_____
_____
_____
_____
_____
_____
_____
_____
_____
_____
_____
_____
_____
_____
_____
_____
_____
_____
_____
_____

CHAPITRE 5 Mon journal

■ MON JOURNAL

Describe an ideal day from morning to evening. Tell what you plan to do, at what times, where you're going to go, and with whom.

_____

_____

_____

_____

_____

_____

_____

_____

_____

_____

_____

_____

_____

_____

_____

_____

_____

_____

_____

_____

_____

_____

_____

_____

_____

_____

_____

_____

_____

_____

■ MON JOURNAL

Describe yourself. Give your name and age. Describe both your physical and personality traits. Mention some activities you like or don't like to do to support details of your description.

■ MON JOURNAL

Tell what you normally have for breakfast, lunch, and dinner. Be specific about the food and beverages. Include details about where, when, and with whom you usually have these meals.

_____

_____

_____

_____

_____

_____

_____

_____

_____

_____

_____

_____

_____

_____

_____

_____

_____

_____

_____

_____

_____

_____

_____

_____

_____

_____

_____

_____

CHAPITRE 8 Mon journal

◼️ MON JOURNAL

Describe a recent eventful weekend that you had, real or imaginary. Write in detail about what happened, where you went, and how it was.

_____

_____

_____

_____

_____

_____

_____

_____

_____

_____

_____

_____

_____

_____

_____

_____

_____

_____

_____

_____

_____

_____

_____

_____

_____

_____

_____

_____

_____

_____

CHAPITRE 9 Mon journal

■ MON JOURNAL

Describe how you, your friends, and your teachers dress for school. Be as precise as you can, including colors and accessories in your description.

_____

_____

_____

_____

_____

_____

_____

_____

_____

_____

_____

_____

_____

_____

_____

_____

_____

_____

_____

_____

_____

_____

_____

_____

_____

_____

_____

_____

_____

_____

■ MON JOURNAL

Imagine and describe a trip that you are planning to take. Give many details telling where you're going, when, with whom, what the weather is like, and what you plan to see and do there.

_____

_____

_____

_____

_____

_____

_____

_____

_____

_____

_____

_____

_____

_____

_____

_____

_____

_____

_____

_____

_____

_____

_____

_____

_____

CHAPITRE 11 Mon journal

■ MON JOURNAL

Describe typical errands you run in your town—what you do, where you go, how you get to the various places, and whether you go alone or with friends or relatives.

_____
_____
_____
_____
_____
_____
_____
_____
_____
_____
_____
_____
_____
_____
_____
_____
_____
_____
_____
_____
_____
_____
_____
_____
_____
_____
_____
_____
_____
_____